W0366705

LE SOURIRE DU SCORPION

Né à Nantes en 1961, Patrice Gain est ingénieur en environnement et professionnel de la montagne. Il est l'auteur de cinq romans publiés : *La Naufragée du lac des Dents blanches* (prix Récit de l'ailleurs 2018), *Denali* (prix du polar *Sud Ouest*/Lire en poche 2021), *Terres fauves* (prix du festival du polar de Villeneuve-lez-Avignon 2019), *Le Sourire du scorpion* (prix Quais du polar 2021) et *De silence et de loup*.

Paru au Livre de Poche :

Denali

Terres fauves

PATRICE GAIN

Le Sourire du scorpion

LE MOT ET LE RESTE

© Le mot et le reste, 2020.
ISBN : 978-2-253-24177-5 – 1re publication LGF

On se dit que c'est un mauvais rêve.
On se dit qu'on est mort soi-même, pas les autres,
et qu'on s'est réveillé en enfer.
Mais on sait bien que c'est faux.
Les rêves ont une fin, et là, il n'y en a pas.

Jim THOMPSON, *L'Échappée*
(traduction Pierre Bondil)

Je ne t'ai jamais dit
Mais nous sommes immortels
Pourquoi es-tu parti
Avant que je te l'apprenne ?

Dominique A,
« Immortels »

1

On était au début de l'été et la chaleur était assommante. Le raft reposait paisiblement sur un banc de galets plats et bien ronds. Les combinaisons néoprène et les gilets de sauvetage cuisaient au soleil sur ses boudins rouges. Goran avait choisi de s'arrêter dans cette anse après seulement deux petites heures de navigation. Après tout, c'étaient les vacances et personne n'avait rien trouvé à redire, d'autant que les jours précédents avaient été éprouvants. Trois jours passés dans notre maison sur essieux, surchauffée, animée par un moteur poussif qui peinait à prendre de la vitesse. Par les fenêtres béantes entrait un air sec et poussiéreux qui avait l'odeur âcre du goudron fondu. L'herbe était jaune et les ruisseaux que l'on croisait croupissaient dans le fond de leur lit. Les paysages tout entiers avaient soif. L'ombre de la nuit ne nous apportait aucun répit.

La rivière qui coulait entre les parois vertigineuses du canyon étincelait d'une myriade d'éclats qui venaient se ficher droit dans la rétine. Des parois d'une centaine de mètres, peut-être bien le double. Quelques pins audacieux jouaient les funambules sur le fil des crêtes. D'autres, plus intrépides encore, tentaient l'aventure d'une vie suspendue dans le vide, agrippés par une racine chevillée dans une fissure ou une encoignure propice. Les rives étaient recouvertes d'une abondante végétation et de bois mort. Luna et moi sommes allés nous baigner. L'eau était glacée, ou bien était-ce au choc thermique que nous devions cette sensation, mais cela nous importait peu. Nous nous laissions glisser sur un toboggan naturel avant que le courant nous emporte. Retenant mon souffle, je plongeais pour suivre le lit de la rivière et observer le canyon à travers le filtre mouvant d'une cinquantaine de centimètres d'eau. Il me semblait alors plus profond, plus impressionnant, plus envoûtant encore. En quelques brasses nous reprenions pied sur la courte plage et remontions jusqu'au toboggan. Après une dizaine d'allers-retours, nous nous sommes installés en plein soleil, sur de grandes dalles lisses, pas si simples à escalader. Nos lèvres étaient bleues et la caresse des brises chaudes devenait délicieuse. Sur la face opposée au courant, des bergeronnettes chassaient sous le nez de truites de gourmands plécoptères. Ça n'a pas échappé à Luna qui s'est empressée de monter les cannes à pêche. Nos parents étaient allés s'allonger dans l'ombre d'un bosquet d'aulnes tandis que Goran bricolait je ne sais quoi. Maman était rayonnante dans son maillot de bain dépareillé, une culotte vichy noir et blanc et un haut jaune orangé. Elle avait dénoué ses cheveux blonds qui tombaient sur ses épaules très blanches. Des cheveux qui frisaient naturellement. Maman avait l'élégance des femmes qui ne la cultivent pas. Quelque temps plus tard, Goran est venu nous rejoindre.

Nous avons pêché au toc jusqu'à ce que le soleil abandonne les gorges. On a fureté autour des rochers en laissant dériver nos nymphes dans le courant pour dénicher les plus belles truites. On a prospecté la rive, la canne dans une main, le fil dans l'autre. Le temps avait filé à la vitesse des flots. L'ombre a d'abord voilé les falaises qui nous faisaient face avant de gagner le fond du canyon. Ses eaux cristallines se sont immédiatement muées en une onde sombre aux teintes gris-vert. Il faisait encore bon, mais un léger vent s'était levé. Il glissait sur la surface de la rivière en remontant son cours. Nous nous étions sérieusement éloignés du camp. Nous avons plié nos lignes et fait demi-tour. Maman lisait, le dos appuyé contre le raft. Elle avait enfilé un pantalon de toile et un T-shirt. J'ai soulevé nos cinq truites à bout de bras et lancé un joyeux « Regarde ce qu'on rapporte pour le dîner ! ». Elle s'est levée en marquant sa page avec l'index.

— Elles sont magnifiques, mais si on continue à ce rythme, entre la sieste et la pêche, on ne sortira pas d'ici avant la fin du mois !

— On est là pour prendre du bon temps, pas vrai les enfants ?

Notre père avait émergé des taillis avec une brassée de bois mort.

— Aidez-moi à décharger les affaires, on va monter le camp sous les arbres.

Nous avions quatre jours de nourriture enfermée dans des sacs étanches, plus les tentes et le matériel indispensable pour le genre d'expédition dans laquelle nous étions engagés. Nous avons ensuite tiré le raft haut sur la berge, puis Luna et moi avons allumé un feu.

Nous sommes jumeaux. De faux jumeaux puisqu'elle me dépassait facile d'une tête. Son dynamisme était communicatif et à cette époque, nous avions à peine quinze ans, rien ne pouvait nous séparer. Goran est allé vider les truites à la rivière et notre mère a préparé des nouilles chinoises. Elle était un peu tendue. Je crois bien qu'avec la nuit tombée elle visualisait mieux ce dans quoi Goran et notre père nous avaient embarqués. Descendre un canyon pas loin d'être aussi profond que le Grand Canyon. Dévaler quatre jours durant le torrent qui coule au fond, 1 300 mètres sous les plateaux calcaires. Presque de la spéléologie. Une rivière en sursis, puisqu'un projet de barrage prévoyait de faire des gorges une retenue d'eau. Voilà comment notre père et Goran nous avaient présenté les choses l'hiver dernier et l'idée nous avait enthousiasmés, Luna et moi. Sur le parking des saisonniers, Goran était notre voisin. Il logeait dans une caravane. Tout le monde l'appelait « le Yougo », à cause de son accent rocailleux. Je crois me souvenir qu'il travaillait dans un bar de nuit, en tout cas il n'émergeait jamais de son antre avant midi. Il avait ajouté qu'en juillet le débit de la rivière serait idéal pour réaliser la descente. Goran avait déjà fait ce genre de chose, diriger une embarcation dans des eaux blanches. Nous l'avions donc retrouvé dans un hameau au nom imprononçable, flanqué d'une dizaine de maisons en pierre, et la journée avait été consacrée à préparer notre expédition, mais pas seulement. Nous étions en 2006 et le Monténégro avait déclaré son indépendance quelques semaines plus tôt. Goran avait souhaité fêter ça et je me souviens parfaitement de la soirée qui avait précédé notre départ. Des gars arrivaient de je ne sais où avec des tas de trucs à boire et à manger qu'ils déposaient sur une table disposée sous un érable. La plupart portaient un treillis militaire et c'était assez déconcertant, je ne saurais pas dire pourquoi, on croisait souvent dans les campagnes des fermiers ou des chasseurs affublés ainsi. Un animal que je ne pouvais identifier tournait sur une broche. Un type était occupé à alimenter les braises qui lui cuivraient les flancs. Goran nous avait présenté des cousins, des amis. Deux gars s'étaient installés près de la fontaine et avaient joué une musique entraînante aux accents un rien tziganes. Elle couvrait les conversations et c'était aussi bien ainsi parce qu'on ne pouvait en suivre aucune. Il y eut des chants, des danses et une altercation entre les amis de Goran pour une stupide histoire de scorpion que l'un d'entre eux s'était fait tatouer dans le cou. Plus tard dans la nuit, sur les tables encombrées par les reliefs du repas, les convives ont continué à boire, à chanter. Des coups de feu avaient été tirés en l'air. Maman, Luna et moi étions allés nous coucher, effrayés par le bruit des armes.

Sur la route qui nous avait conduits à l'embarquement, nous avions pu apercevoir les eaux turquoise de la Tara coulant au milieu d'une végétation luxuriante. Le coin était montagneux et sauvage. Sous la chaleur réverbérée par des roches blanches, elle nous était apparue fascinante et attirante. Goran avait demandé à un de ses amis de descendre le camion une centaine de kilomètres en aval et de garder notre chien. Le gars avait un visage émacié et torturé. Une infirmité pénible à regarder, sauf pour Luna qui disait que la beauté et la laideur étaient comme le yin et le yang.

Que les deux finissaient par se rejoindre et ne faire qu'un. Fallait toujours qu'elle sorte des trucs à contre-courant de ce que pense le commun des mortels. Je ne sais pas où elle allait chercher des théories pareilles ! Goran nous avait dit que son ami avait un fils albinos, excellent joueur de banjo, qui lui ressemblait comme deux gouttes d'eau. Il s'était mis à imiter le cri du cochon et notre père et lui avaient ri sans que nous comprenions bien pourquoi. Maman nous avait parlé d'un film assez ancien tiré d'un roman américain : une histoire de descente de rivière en canoë qui avait viré au cauchemar. On espérait juste, Luna et moi, que le gars serait gentil avec Dobby. Il n'était pas possible de l'emmener.

Dobby était une femelle rottweiler. Un soir d'automne où nous traînions du côté des bennes à ordures d'un parking pour routiers, près d'une autoroute, nous l'avions trouvée dans l'un des bacs, muselée et liée avec du fil de fer barbelé. Elle attendait une mort qui tardait à venir en gémissant. C'était moche à entendre et à voir. Nous l'avions ramenée au camion et, avant que nos parents reviennent de la douche, Luna avait découpé tout le barbelé avec une tenaille. Elle avait les mains en sang. Jamais je n'aurais pu faire une chose pareille, je veux dire sortir les picots acérés de ses chairs comme on retire l'hameçon de la gorge d'un poisson. Le plus souvent je devais détourner mon regard. Après cette intervention, Dobby n'était plus qu'une plaie sanguinolente. Elle fixait Luna avec des yeux tristes et fiévreux. En relevant ses cheveux et en essuyant les larmes qui embuaient sa vision, Luna s'était également poissé le visage, si bien que, lorsque maman était rentrée, elle avait poussé un cri d'effroi. Elle s'était remise de ses blessures, Dobby. C'était une chienne aimante et protectrice.

Nous avons mangé en écoutant le murmure de la rivière. Le vent soulevait des escarbilles qui tournoyaient dans l'air chaud comme une nuée de lucioles. Elles s'élevaient entre les murs noirs des gorges et filaient droit vers les étoiles. Goran a préparé des pics en bois et nous avons fait griller les truites au-dessus des braises. Notre père a sorti des canettes de bière et maman s'est détendue. La conversation était animée. Il était question de canicule, d'hivers de moins en moins enneigés et, pendant ce temps, les truites grésillaient doucement. Leur peau craquait par endroits et laissait apparaître une chair légèrement rosée.

Goran nous a ensuite raconté des fables dans lesquelles il se mettait en scène en faisant rire tout le monde, puis il a terminé par une histoire de noyés qui quittaient le canyon les nuits de pleine lune pour partir en chasse contre ceux qui voulaient y construire un barrage. Elle nous a fait dresser les cheveux sur la tête et Luna a adoré ça. « Profitez comme il se doit de cette descente et des instants uniques qu'elle ne va pas manquer de nous offrir. » C'est ce que notre père nous a lancé à la fin du repas avec une solennité qui a semblé agacer notre mère.

Je suis allé laver la vaisselle à la rivière. Je ne me suis pas attardé. Avec l'obscurité, les gorges pesaient sur moi. En revenant, nos parents s'étaient déjà réfugiés dans leur tente. Luna et moi avons traîné autour du feu sans trop savoir quoi nous dire pendant que Goran installait son hamac entre deux hêtres : une sorte de cocon équipé d'une moustiquaire.

Avant de nous coucher, j'ai jeté un dernier coup d'œil sur la rivière. Elle avait disparu dans l'obscurité conjuguée du canyon et des bois.

2

La rivière avait murmuré à mon oreille jusqu'au milieu de la nuit. Les gorges modulaient les sons au gré des courants d'air qui glissaient entre les hautes parois. Je percevais parfois le saut d'une truite gobant un insecte nocturne ou le bruit d'un rocher qui roulait dans la pente avant de finir sa course dans les ondes froides. Je me demandais quelle faune hantait cet antre sauvage et vertical. Goran avait parlé d'ours et de loups. De chamois aussi. Il n'avait rien dit des serpents, mais j'étais certain que c'était pour eux un territoire béni. Il n'avait pas voulu effrayer notre mère. Luna dormait tournée de mon côté, profondément enfoncée dans son sac de couchage. Je me suis extirpé du mien et j'ai lentement descendu la fermeture éclair de la tente. Aujourd'hui encore j'aime entendre ce sifflement rugueux qui prend appui sur la toile tendue. Il matérialise les moments d'évasion – ceux que Luna et moi ébauchions parfois les soirs d'été, loin de notre manière habituelle de vivre –, aussi enivrant que le parfum des herbes fauchées.

Une brume opaque flottait sur la rivière. En aval, là où les gorges s'ouvrent sur le monde, elle était opalescente, presque lumineuse. Il faisait froid et tout était humide. J'ai enfilé mes baskets, ma veste polaire, et je suis descendu vers la rive. J'ai soigneusement choisi quelques galets plats pour faire des ricochets. Les flots étaient trop rapides pour espérer les voir faire plus d'un ou deux rebonds. En me retournant, je me suis trouvé nez à nez avec Goran. Il avait l'air d'être debout depuis un moment déjà.

— Salut, Tom, pressé de chevaucher la rivière ?

— Ouais. Tu crois que ça va se lever ?

— Dès que le soleil va chauffer. Ça va être une belle journée, tu peux me croire. Je fais un brin de toilette.

Je l'ai regardé entrer dans l'eau jusqu'aux genoux avec sidération. Il était torse nu et sacrément bien bâti. Goran était un peu plus vieux que nos parents, en tout cas c'est l'idée que je m'en étais fait. Il devait avoir une quarantaine d'années, peut-être quatre ou cinq de plus. Il s'est aspergé et frotté avec vigueur. Je n'étais pas le seul à suivre tous ses mouvements. Sur la rive en face, un rapace observait la scène avec incrédulité. Un épervier qui attendait que la brume se lève pour se mettre en chasse et débusquer quelques passereaux.

Je suis remonté au campement avant que Goran ne m'invite à le rejoindre. Je n'avais aucunement l'intention de jouer à Rambo.

Maman est sortie de la tente avec les traits tirés. Elle serrait ses bras sur sa poitrine en se frottant les épaules, comme le font les personnes frigorifiées. Je me suis empressé de lui répéter ce que m'avait dit Goran, que la brume se lèverait dès que le soleil réchaufferait les gorges, que la journée allait être belle, avec un air aussi assuré que possible et en évitant de citer ma source. Elle m'a fixé en esquissant un sourire circonspect. Papa est apparu à son tour en enfilant une polaire. Il était heureux d'être là et sa joie irradiait l'anse, le campement et tout ce qu'il y avait autour. Ça a énervé maman.

— On dirait un gamin le jour de Noël !

— Bonjour Mily. Qu'est-ce qui se passe ? Tu n'as pas bien dormi ?

— J'ai fait un rêve horrible. Je n'aurais sans doute jamais dû accepter de faire ce que nous sommes en train de faire. On ne sait rien de ce que l'on va trouver en chemin. Tout ce dont nous pouvons être sûrs, c'est qu'il n'y a pas d'autre issue que la sortie de ce canyon. Un père responsable ne devrait pas embarquer sa famille dans ce genre de… de choses stupides. Tu pourrais bien te le reprocher toute ta vie. Je crois que je le regrette déjà.

— Tout ira bien, m'man, on n'est plus des enfants.

— Tom a raison. Il arrive qu'avant de se lancer dans ce type d'aventure on dorme mal, mais les cauchemars s'évaporent une fois dans l'action.

— J'espère que tu as raison. Bon, si on déjeunait ?

C'était étonnant d'entendre maman parler comme elle le faisait. Elle n'avait jamais fait gaffe à quoi que ce soit avec nous, pas plus que notre père, avant ce jour. Rien dont je me souvienne. L'éthique de nos parents était de dire que redouter quelque chose c'était l'attirer, que l'insouciance était le meilleur rempart contre les mauvais coups. Pourtant maman s'était mise à avoir peur.

Pendant le petit déjeuner, Goran a montré le même entrain que la veille. Luna a gardé son sac de couchage sur les épaules pour manger. Elle partageait l'excitation de papa. Il faisait comme s'il ne voyait pas le désarroi de notre mère qui lui lançait des regards désenchantés. Je ne comprenais pas bien pourquoi. Sans doute qu'afficher une assurance décontractée était le meilleur moyen de la rassurer. Nous avons ensuite démonté les tentes puis arrimé les charges dans le raft. Bouger réchauffait le corps et l'esprit. Nous avons embarqué et glissé frileusement sur des eaux calmes. Seul le bruit de nos pagaies venait troubler la quiétude du canyon. Nous passions d'une rive à l'autre en fonction des courants. Cinquante mètres devant nous, les berges semblaient se rejoindre tant la brume était dense. Au milieu de la rivière s'était dessiné un oculus à travers lequel filtrait une lueur onctueuse et blanchâtre. Maman pagayait avec frénésie, comme si elle était pressée d'en finir.

— Doucement, Mily, tu nous éclabousses. Tout ce que vous avez à faire pour l'instant, c'est accompagner le bateau dans le courant.

— Je croyais que le brouillard devait se lever, Goran ? C'est ce que tu as dit à Tom.

Elle avait sorti cela comme une évidence et j'en avais tiré une certaine affliction.

— Il va se lever. Tu peux me croire. Le soleil n'est pas loin.

Nous avons glissé dans ce paysage fantasmagorique jusqu'à ce que la rivière se rétrécisse. Le courant est devenu beaucoup plus fort. Goran nous a demandé de continuer à pagayer pour que le raft reste manœuvrable. Papa s'était installé à l'avant pour l'aider à placer le canot à l'entrée du rapide. Des rochers se sont dressés devant nous et un bruit sourd de cascade est venu ajouter de la tension à l'humidité. Nous sommes passés près d'un premier obstacle et le bateau a accéléré d'un coup, filant droit vers un amas de blocs noyés dans des eaux écumantes. Goran nous a crié : « Levez les pagaies ! » Le raft a frappé un rocher qui nous a déséquilibrés, puis il s'est engagé dans un couloir étroit fermé par une grosse vague. Assis à l'arrière, Goran nous braillait des consignes que nous n'entendions plus. La proue de l'embarcation s'est dressée et papa a basculé au milieu du bateau. Le raft a donné de la gîte, glissé sur le côté, heurté un énième rocher, tourné sur lui-même avant de repartir en marche arrière vers les branches basses qui masquaient la rive.

— Waouh !!! Génial !

— Ferme-la, Luna ! S'il te plaît.

Maman avait crié, presque.

— Tout va bien, Mily !

Papa avait lancé ça tandis qu'il reprenait sa place en rampant au fond du bateau. Son gilet de sauvetage lui était remonté jusque sur la tête, un gilet avec un tas de graffitis dans le dos, le genre de dessin que l'on fait sur le plâtre d'un ami estropié, et le numéro 202 écrit verticalement sans que l'on sache pourquoi.

— Continuez à pagayer, on n'est pas encore sortis des rapides.

Nous avons tiré sur nos rames pour retrouver le fil du courant. Le raft a raclé quelques rochers, frappé une succession de grosses vagues avant de rejoindre une zone calme. La rivière y était peu profonde et d'une limpidité telle que nous pouvions observer le moindre détail de son lit et de la vie qui l'animait. Je me souviens d'avoir été troublé par cette transparence quasi impudique. Une couleuvre vipérine est passée à côté de nous en ondulant son long corps tacheté. J'ai joué avec elle en la faisant glisser par-dessus la pale de ma pagaie tandis que maman poussait des cris d'orfraie et ça a fait rire tout le monde. Nous avons laissé le bateau dériver. Il tournait sur lui-même pour fêter le retour du soleil. Les parois calcaires étaient de plus en plus impressionnantes. Des monolithes, accueillant un pin noir sur leur sommet, se détachaient dans les voiles de brume déchirée, telles des estampes japonaises. Nous pouvions déjà ressentir la chaleur des rayons sur nos combinaisons. J'étais pleinement heureux et Luna aussi, je peux l'affirmer. Sur son merveilleux visage androgyne, des rides étaient apparues aux coins externes de ses yeux bleu délavé en même temps que de fugaces fossettes. Elle était comme ça, Luna, un visage farouche, perché sur une quenouille, qui attire les regards, mais ne montre pas grand-chose de ses émotions. Moi j'étais un peu grassouillet, avec une tête que des cheveux blonds et courts rendaient exagérément ronde. Difficile de croire que nous étions de la même fratrie, et pourtant nous étions comme les doigts de la main, plus inséparables qu'un couple de perroquets.

— Il y en a encore beaucoup comme celui-là ?

On sentait une pointe d'angoisse dans la question de maman.

— Quelques-uns probablement. J'ai bien étudié le profil du canyon, les secteurs paisibles seront les plus nombreux. Te bile pas trop, personne ne risque rien.

Nous avons navigué jusque vers dix heures trente dans des conditions sportives, mais somme toute moins difficiles que le franchissement du premier rapide, puis nous avons fait une halte dans une anse de sable gris, entre deux énormes rochers baignés de soleil. Il faisait frais malgré nos combinaisons et nous avions hâte de faire quelques pas pour nous dégourdir les jambes. Avec ses cheveux mouillés et des cernes diaphanes, notre mère affichait au grand jour sa nuit sans sommeil.

3

Nous sommes restés au soleil une bonne demi-heure. Maman tremblait de tous ses membres. Papa s'est approché d'elle, mais elle l'a repoussé. Luna n'a pas cherché à dire quoi que ce soit. C'était inutile, elle le savait. Maman était assez grande pour se raisonner toute seule. Je ne l'avais jamais vue dans cet état, pas depuis l'annonce de l'accident de nos grands-parents, un soir d'hiver, et il lui avait fallu un peu de temps pour amortir ce drame. Goran a vérifié la tension des sangles. Il se tenait volontairement à l'écart de nos parents et paraissait préoccupé par notre mère. Il est clair que, comme nous tous, il s'était imaginé cette randonnée nautique sous un jour plus joyeux.

Maman est remontée dans le raft et s'est assise au fond, le dos calé contre un boudin transversal. La rivière nous a emportés paisiblement jusqu'à un verrou rocheux. La végétation a quitté les rives pour laisser la place à des parois verticales. Vraiment très hautes. Une cinquantaine de mètres avant d'entrer dans le défilé, Goran s'est dirigé vers la berge et papa a sauté à l'eau pour attacher le raft à un tronc d'arbre mort chevillé entre deux blocs par la puissance des eaux.

— Attendez-moi là. Je vais voir comment se présente la suite !

Goran a escaladé le premier ressaut et Luna l'a suivi. J'ai suivi Luna. Je voulais moi aussi percevoir ce qui se cachait dans cette étroiture. Notre père est resté près de maman. En s'élevant, le bruit de cataracte de la rivière devenait plus intense. Mes baskets spongieuses glissaient sur la paroi couverte de terre et de feuilles mortes. En levant la tête, j'ai vu Goran poursuivre l'ascension vers un éperon rocheux qui dominait la gorge et Luna une dizaine de mètres derrière lui. J'ai crié :

— Ne fais pas ça, Luna !

C'est à peine si je me suis entendu moi-même dans le vacarme de la rivière. J'ai tenté de grimper un peu plus haut sans grande conviction. J'étais à une vingtaine de mètres du sol et déjà l'idée de devoir redescendre m'effrayait. J'ai assisté, impuissant, à son ascension du monolithe. Elle évoluait avec assurance. Quand Goran s'est aperçu que Luna le suivait, il lui a tendu la main et je les ai vus se dresser dans la lumière du sommet, dominant la rivière et le vide sous leurs pieds. Goran montrait du doigt je ne sais quoi à Luna qui se tenait tout contre lui. Elle était presque aussi grande. Quelque chose qui n'avait rien à voir avec la distance qui me séparait du sol s'est noué en moi. La désescalade m'a été pénible. Plaqué contre le rocher, la paroi me semblait plus verticale encore qu'à la montée. Ma jambe droite tremblait comme une feuille de peuplier sous la brise et il me fallait beaucoup de temps pour prendre confiance dans mes prises de pieds et mettre tout mon poids dessus. J'ai rejoint le raft avec soulagement. Ma mère était seule, debout près du bateau. J'aurais juré que Luna et Goran seraient arrivés avant moi.

— Où est ta sœur ?

— Elle est avec Goran. Ils sont montés jusqu'à un belvédère. Ils redescendent.

— Pourquoi tu n'es pas allé avec eux ?

— J'avais peur de glisser avec mes chaussures mouillées.

— C'était haut ?

— Oui, assez, mais Luna était facile.

— Ne la laisse plus faire des trucs pareils. Promets-le-moi. Luna croit toujours qu'elle peut tout contrôler.

J'ai été étonné d'entendre maman me dire ça. C'était un discours qu'elle servait plus facilement à Luna qu'à moi.

— Où est papa ?

— Il est parti de son côté. Tout le monde fout le camp de son côté.

Une dizaine de minutes plus tard, Goran et Luna sont apparus. Ils affichaient tous les deux un large sourire, un sourire complice qui m'avait égratigné.

— J'ai pu observer le passage. Il n'est pas aussi redoutable qu'il en a l'air.

— Pourquoi tu ne dis pas ON est montés là-haut ? Pourquoi tu ne dis pas que Luna est montée avec toi ? Putain, pourquoi tu ne le dis pas ? Il n'y a pas assez de danger à descendre ce canyon ? Combien de temps il faudrait à une équipe de secours pour arriver jusqu'ici ? Dis-le-moi. Une semaine ? Un mois ? Sans compter que pour donner l'alerte il faudrait déjà pouvoir en sortir, de ce foutu canyon.

Luna a filé directement dans le bateau et Goran a

fixé maman avec un regard attristé. Il l'a gardé jusqu'à ce que nous ayons tous repris notre place dans le raft, puis il l'a poussé dans le courant et s'est hissé à bord. Il n'a rien dit de ce mouvement d'humeur à notre père qui s'était fait attendre.

Luna m'a interrogé du regard et je lui ai répondu par un haussement de sourcils qui disait mon incompréhension. Nos parents nous ont toujours laissés libres de courir où nous voulions sans poser de questions. Je me suis d'ailleurs souvent demandé pourquoi ils nous donnaient une telle liberté. Ils avaient choisi une vie qu'ils considéraient déliée de contraintes et souhaitaient probablement entendre nos cœurs d'enfants battre à l'unisson avec le leur. Nous habitions dans un camion que notre père avait transformé en logement. On l'appelait « le camion ». C'était un vieux bahut Mercedes rouge qui portait encore sur ses flancs ses origines vagabondes : « Cirque Baldoni », écrit en lettres blanches qui parlaient fort, à peine écornées par la pose d'une fenêtre. Nous n'avions jamais habité ailleurs. Il était vraiment bien aménagé, avec un chauffage au gaz et un espace au-dessus de la cabine rien que pour nous, mais ce qui faisait rager maman c'est qu'il fallait toujours choisir entre manger ou mettre un peu de gasoil dans le réservoir. Ce n'était pas tout à fait exact, mais c'était sa façon à elle de dire que notre camion suçait facile ses vingt-cinq litres aux cent.

On passait les mois d'hiver sur le parking d'une station de ski. Notre père trouvait à travailler pour les remontées mécaniques. Notre mère n'était pas en reste. Elle pouvait aussi bien faire des remplacements dans des garderies que vendre des gaufres ou servir des bières.

Les beaux jours étaient plus tranquilles. On s'installait dans des coins loin de tout le plus souvent, des destinations dictées par des impératifs dont nos parents seuls avaient le secret. Notre père excellait dans les travaux de rénovation et il donnait des coups de main à droite et à gauche. L'été dernier, après avoir roulé un bon moment sur un chemin empierré colonisé par les herbes, on avait débarqué sur un vaste terrain que notre mère venait d'hériter de ses parents. Il y avait là trois bâtisses encore debout. Elles se dressaient fières et sauvages dans un espace steppique, à l'orée de rien. Une grande masure avec une grange adossée contre, une petite maison en pierres encore vaillante et un cabanon au toit de tôle qui détonnait dans l'ensemble minéral, domaine qu'ils avaient imaginé restaurer avant qu'un camion-citerne ne se mette en travers de leur projet un soir de février. Le cabanon était le seul endroit fermé par un cadenas. Il abritait un bazar stocké par nos grands-parents en prévision des travaux. La petite maison était sans confort, sentait le foin et l'urine de mouton, mais elle nous était réservée. C'était magique d'avoir un espace rien qu'à nous. Des amis étaient venus nous retrouver quelques jours plus tard et Goran avait été du voyage. L'ambiance avait été festive et les nuits sans fin. Luna m'avait entraîné dans de grandes virées à travers le causse. Perchés sur un rocher, on écoutait le vent tiède souffler sur la steppe. Les délicats épillets de stipa, fins comme des cheveux d'ange, moutonnaient dans la lumière du soir comme des vagues argentées. C'était fascinant de voir ces ondes traverser les vastes étendues pour aller s'éteindre avec les dernières lueurs du soleil. Quelques genévriers ou d'agressifs prunelliers, adossés à de fantomatiques roches ruiniformes, accrochaient le regard dans la prairie. Pas un arbre digne de ce nom, rien d'autre que des bosquets et au loin quelques taches sombres matérialisant de probables forêts. J'aime ces endroits où l'on n'a pas idée de ce qu'il y a derrière l'horizon. Nous pouvions passer la nuit dehors le nez dans les étoiles ou à pister un hibou petit duc (son chant flûté et métronomique m'a longtemps inquiété avant que je ne découvre sa petite silhouette aux yeux jaunes) sans que personne ne s'en préoccupe, et de leur côté nos parents pouvaient disparaître pendant deux ou trois jours sans prévenir. Il avait été question de s'installer à la Ferme de l'Air, c'est son nom, et notre père avait commencé à relever les murs pierre après pierre. Luna et moi nous imaginions déjà galopant dans les vastes prairies. Les chevaux, c'était Luna, moi ils me faisaient un peu peur, mais je n'envisageais pas de ne pas la suivre. Notre père nous avait assuré qu'il n'y voyait pas d'inconvénient pour peu qu'on s'en occupe et que c'était bon pour le potager, mais maman avait dit qu'elle n'était pas encore prête à abandonner la vie de nomade qu'offrait le camion.

Le raft a rapidement pris de la vitesse. Nous avons franchi une série de grosses vagues et embarqué beaucoup d'eau qui peinait à s'évacuer par le plancher autovideur. Ça secouait pas mal et sans la sangle au fond du bateau, sous laquelle nous avions glissé nos pieds, nous serions passés par-dessus bord dès les premiers rouleaux. Goran et notre père luttaient pour diriger l'embarcation. Le raft s'est engagé dans un toboggan entre de volumineux rochers avant de chuter dans une vasque d'eau bouillonnante. Sous le choc, maman a été éjectée. Je l'ai vue s'élever au niveau de la tête de Luna, la heurter et disparaître dans l'écume. Après un instant de sidération, nous l'avons vue ressurgir quelques mètres plus bas. Nous sommes passés près d'elle et papa l'a attrapée par son gilet de sauvetage. Nous l'avons aidée à remonter à bord. Elle était essoufflée. Nous n'avons rien dit, posé aucune question. Nous nous attendions, je suppose, autant à une crise de larmes qu'à un déferlement de propos acerbes, mais notre mère a repris sa place sans dire un mot. Elle ne semblait pas avoir été affectée outre mesure par ce catapultage dans les eaux froides et écumantes et cela m'a perturbé dans l'idée que je me faisais de son aigreur.

En fin de matinée nous sommes passés sous l'arche d'un pont haut perché. C'était le premier signe de civilisation depuis le départ, aussi inaccessible qu'un avion de ligne traçant d'un trait de craie blanche sa route dans l'azur. La végétation a rapidement repris ses droits. Elle semblait presque plus dense encore après le verrou que nous venions de franchir. Il nous a fallu patienter avant de trouver un bon endroit pour faire une halte. Des nuages défilaient dans l'axe du canyon et voilaient le soleil par intermittence. La rivière passait alors du bleu turquoise au vert jade. Nous avons mangé en silence. La tension qu'avait installée notre mère était poisseuse.

— On ne peut pas dire que tu sois d'une compagnie des plus agréables depuis qu'on est partis, Mily.

Goran s'était lancé. Il fallait bien que quelqu'un le fasse. Notre père l'a regardé avec reconnaissance.

— Merde.

— Tu savais parfaitement ce que nous allions faire.

— Je n'avais jamais fait de raft auparavant.

— On a fait du canoë chez toi l'été dernier. C'était un bon moment, souviens-toi !

— C'est vrai, mais il y avait du monde sur l'eau et, de l'eau, pas beaucoup. Ici c'est un désert et c'est dangereux.

— Tout va bien se passer, tu peux me croire.

— J'ai un mauvais pressentiment et je n'arrive pas à m'en défaire. Je ne sais même pas si tu es réellement compétent pour faire ce genre de descente.

— Tu ne devrais pas dire des choses comme ça, Mily. Tu connais Goran comme je le connais et tout ça n'avance à rien. Tu as vu comme il se débrouille dans les rapides !

— Justement, personne ne contrôle plus rien dans ces moments-là.

— Ne laisse pas tes émotions te submerger. Tu dois pouvoir gérer ça.

Goran est retourné au bateau.

— Avant-hier c'était la canicule et maintenant il fait froid. Ce n'est pas normal. Vous avez consulté la météo ?

— Détends-toi, Goran a tout prévu. C'est souvent comme ça quand on patauge au fond d'un canyon.

— Je tremble, j'ai peur d'être malade. T'es sûr qu'il n'y a pas moyen de sortir plus tôt ?

— La seule issue c'est droit devant. Assez perdu de temps, on embarque.

Il n'y avait rien d'autre à faire. Notre mère a suivi le mouvement, résignée. Nous avons poussé le raft dans la rivière. Au-dessus de nos têtes un aigle tournoyait dans les courants ascendants. Il ne faisait aucun effort, pas un battement d'ailes. Prenait-il du plaisir à planer dans les masses d'air chaudes ou son esprit était-il focalisé sur sa seule survie, une proie à tuer, comme celui de notre mère sur la sortie du canyon ?

4

J'ai observé Goran diriger le bateau en lui jetant des regards décochés dans l'accompagnement d'un coup de pagaie, de l'envol d'un oiseau ou de la chute d'une pierre, pour ne pas avoir à croiser le sien. Des cheveux de jais, le regard noir et quoi d'autre ? On ne savait rien de Goran, de son passé. Rien de rien et ça me flanquait le doute. Je me serais moqué éperdument de son curriculum si maman n'avait pas dit ce qu'elle avait dit. Elle s'était assise derrière Luna et pagayait en rythme avec elle, mais sans entrain. Maman fixait le long sillon bleu de la Tara qui s'enfonçait toujours plus profondément dans les gorges et ce n'était pas de nature à la rassurer. Luna m'avait adressé un sourire qui disait « Tout va bien, ne t'inquiète pas » et je lui en avais esquissé un bien moins assuré.

En milieu d'après-midi, des nuages noirs se sont amoncelés. Ils roulaient leurs larges épaules dans un grondement inquiétant. Des bourrasques ont remonté la rivière. Elles secouaient les arbres, troussaient leur feuillage, exposant leur face tendre aux cieux qui ne souhaitaient assurément pas en rester là. Le courant peinait par moments à entraîner le raft et il nous fallait vraiment lutter contre le vent. Nos bras brûlaient sous l'effort. Il y avait une désolante harmonie entre les éléments et l'état d'esprit qu'affichait notre mère. Des décharges électriques n'ont pas tardé à balafrer le ciel, suivies de déflagrations qui résonnaient en percutant les parois des gorges. Elles se chevauchaient, s'enroulaient pour ne plus former qu'un épouvantable carnage sonore. Le canyon tonnait son hostilité, sa sauvagerie, sa démesure. La pluie ne s'est pas fait attendre. Dense, brutale. Elle hérissait la surface de la rivière de milliards d'impacts. Le paysage n'était plus qu'obscurité et grondement. Nous étions dans la gueule d'un monstre. Goran a fait un signe de main qui désignait l'axe des gorges, signifiant clairement « On file, on ne s'arrête pas ». Nous avons plongé nos pagaies dans les eaux noires et gonflées sans bien savoir si c'était raisonnable ou non. L'orage ne laissait aucun répit, aucune place à la réflexion. L'air était électrique. Les détonations percutaient nos poitrines, nos bras, nos jambes. Mon corps entier était en vibration, comme devant un mur de boomer dans un festival de musique. Après avoir frôlé un énorme rocher, le raft s'est précipité dans un rapide. Goran nous criait : « À droite ! », « Levez vos pagaies ! » et tout un tas d'autres consignes que nous ne comprenions que partiellement et que nous étions bien incapables d'appliquer. Naviguer dans ces conditions était une pure folie, mais notre père ne semblait pas s'en inquiéter outre mesure. Il était en parfaite synergie avec Goran. Au pied du rapide, le raft est resté planté dans une vague aux eaux bouillonnantes. L'équilibre du bateau était précaire dans l'émulsion sans consistance. Je me disais qu'une chute à cet endroit serait fatale.

J'ai regardé Luna et maman avec angoisse. Le rappel était violent. Goran a crié quelque chose et je me suis retourné. Il me faisait signe de passer sur l'autre bord, mais j'étais trop tétanisé pour accepter de me mouvoir. Papa m'a tendu sa pagaie. Je me suis levé et j'ai basculé en arrière. Ce fut l'obscurité et l'horrible gargouillis de l'eau dans les oreilles. J'ai cherché quelque chose à agripper. Je me suis débattu. J'ai senti sous mes doigts la douce rondeur du raft et me suis accroché à la ligne de vie qui en faisait le tour. Le bateau toupinait dans un courant qui me tirait par les pieds pour m'entraîner vers le fond. J'ai crié d'effroi. J'entendais Luna et maman. L'une invectivait papa et l'autre me disait de ne pas lâcher. Le raft a donné de la gîte, s'est engagé sur le ressac du rappel et s'est libéré de l'emprise de la lame de fond. Je suis remonté à bord une vingtaine de mètres plus loin, épuisé. Notre père avait le visage fermé. Je me suis assis dans le fond du bateau, contre les jambes de Luna. Elle m'a glissé dans l'oreille « Tu t'es sacrément bien débrouillé » et ses mots sont arrivés juste à temps pour retenir mes larmes. Ensuite le froid et le désespoir m'ont gagné et ils ne m'ont plus quitté. J'aurais donné cher pour me retrouver dans notre camion, au chaud sous la couette avec Luna, la main sur le cou de Dobby, et lire un tome des *Passagers du vent*.

En fin de journée, nous avons débarqué sur une plage de sable. L'orage s'était éloigné, mais des trombes d'eau cascadaient des flancs du canyon comme des cieux obscurs. C'était vraiment pénible de monter le camp dans ces conditions et pourtant nous n'avions pas d'autre choix. Nous avons hissé le raft haut sur la plage. La peau de nos mains comme de nos pieds était blanche, molle et fripée. Il était dix-sept heures et il en restait une quinzaine à passer sur ce bout de terre. Notre père a pris les choses en main. Nous avons monté notre tente et rentré à l'intérieur tout ce qui pouvait nous être utile, y compris le réchaud et de la nourriture, puis nous avons quitté nos combinaisons et nous sommes précipités dans nos sacs de couchage. Goran était parti je ne sais où et papa pestait contre lui.

— Ça va, les enfants ?

Papa avait posé cette question.

— Il nous faut tenir encore deux jours, après ce ne sera plus qu'un mauvais souvenir.

— Ce n'est jamais qu'un orage, maman.

— Oui, sans doute. Tu as raison, Luna.

— Ce qui m'inquiète, c'est le niveau de l'eau.

Papa a à peine terminé sa phrase que la tente s'est ouverte et Goran a glissé sa tête à l'intérieur.

— Bon, écoutez, je suis désolé, mais on ne peut pas rester là. La rivière est en train de grossir. J'ai repéré une grotte dans laquelle on sera à l'abri. Autant ne pas traîner.

Enfiler les combinaisons trempées a été un supplice. Nous avons plié le camp et suivi Goran. Il avait déniché une cavité située à une dizaine de mètres du sol. Nous y avons hissé nos sacs. Elle était humide et froide, mais au moins nous étions à l'abri des trombes d'eau déversées par les cieux. Nous avons mangé en écoutant un couple de balbuzards partager la pêche du jour avec ses petits. J'avais pu en observer quelques-uns faisant du surplace au-dessus des eaux avant qu'elles ne deviennent turbides. J'étais heureux de les savoir près de nous, je ne pourrais pas expliquer pourquoi, mais je trouvais leur présence rassurante. Puis nous avons étalé la tente sur le sol glaiseux et posé nos sacs de couchage dessus. Goran et notre père sont restés dans le peu de lumière qui jaunissait le porche de la grotte. Une cigarette à la main, Goran était songeur.

— Vous entendez ce bruit ? Tout à l'heure c'était l'orage, et maintenant c'est la rivière qui gronde.

— La rivière ?

— Ouais. On ne distingue pas grand-chose, mais elle est salement en crue.

Les flots démontés ont ensuite frappé le pied de la falaise en faisant un bruit de tremblement de terre. Un séisme qui nous dévastait déjà. Il y avait la nuit et le tumulte de la rivière. La lune aussi. Une lune blanche qui montrait ses rondeurs dans les échancrures d'un ciel en rémission. Elle éclairait alors les gorges d'une sinistre lumière falote.

5

Au matin, une lumière vive baignait le canyon. La rivière n'était plus qu'un sillon boueux qui était venu lécher les falaises au plus fort de la crue. Maman était assise dans son sac de couchage. Luna dormait à ses côtés. Goran et notre père n'étaient pas là. Je me suis approché du bord et je les ai vus escalader le mur en dessous de la grotte.

— On dirait bien que la rivière a regagné son lit.

— Salut Tom. Ouais, et le beau temps est revenu. Si on allait se préparer un bon petit déjeuner ?

J'ai versé de l'eau dans la gamelle. Nous nous sommes rassemblés autour du réchaud et Goran a pris la parole.

— Il faut que je vous dise une chose. Cette nuit le raft a été emporté avec le bosquet d'aulnes dans lequel il était attaché.

— Ça veut dire qu'on est coincés ici maintenant ?

J'avais sorti ça comme ça, mais je connaissais déjà la réponse. Maman n'a rien dit. Elle fixait Goran et notre père avec les yeux tristes qu'ont les chimpanzés quand ils observent les passants, les mains accrochées aux barreaux d'une cage de cirque. Un regard douloureux et humide.

— On va suivre la rive et chercher le moyen de s'échapper de ce canyon. Il y a peut-être bien une petite chance aussi que le raft soit coincé quelque part un peu plus bas.

Il y a eu un moment de flottement, un de ces silences sans consistance qui affectent le diaphragme autant que l'esprit.

— Il est plutôt bon, ce café ! On peut dire qu'on a une sacrée veine d'avoir Goran comme guide, sinon, à l'heure qu'il est, on aurait l'estomac plein d'une eau qui en a la couleur, mais pas le goût et c'est pas un truc qu'il me plaît d'imaginer. On a encore pas mal de nourriture, des cannes à pêche, et ce n'est pas l'eau qui manque. Et puis je sais pas vous, mais moi j'ai une envie folle de retrouver Dobby.

Luna a réussi à extirper notre mère de son état d'abattement. Elle s'est tournée vers elle avec un maigre sourire sur les lèvres qui allait en s'élargissant. Du coup, j'étais presque euphorique. Là où chacun d'entre nous voit un fruit avarié, Luna voyait les graines à l'intérieur, elle sentait la vie en devenir. Luna, c'était l'espoir. Luna, c'était ma sœur.

Descendre de la grotte n'a pas été simple. À mi-hauteur le rocher était couvert d'une mélasse grise et épaisse. La rive n'était par endroits qu'un enchevêtrement d'arbres aux troncs atrocement lacérés, écorcés par la terrifiante machine de destruction des eaux en furie. Marcher le long de la rivière s'est vite révélé une épreuve insurmontable. Nous n'avions aucun espoir de salut en longeant les berges, pas plus que de voir passer une embarcation, mais il nous fallait pourtant chercher une issue.

Nous avons exploré, chacun dans notre coin pour optimiser nos chances, les amoncellements de bois qui se présentaient et les flancs du canyon dans l'espoir de voir apparaître les boudins rouge vif du raft ou une improbable sente qui se serait jouée des escarpements rocheux pour se hisser au sommet des gorges. En début d'après-midi j'ai aperçu une chose que j'aurais préféré ne pas croiser. Un petit sabot fourchu accroché à une patte qui affichait une douloureuse forme angulaire. Et derrière, une tache rouge. J'ai détourné le regard avec dégoût, mais je savais qu'il y avait là notre ticket pour la sortie du canyon. J'ai écarté quelques branches et vu le raft dressé sur le flanc. Il ne semblait pas trop mal en point. J'ai tiré sur les plus grosses avant de comprendre qu'elles ne bougeraient pas d'un pouce. Il me fallait commencer par enlever celles qui étaient sur le haut du tas, procéder méthodiquement. Je n'ai pas ménagé mes efforts. Mes mains me brûlaient. Je glissais régulièrement en m'arc-boutant sur les troncs et des éclisses venaient se planter dans mes mollets. Je levais la tête de temps en temps avec l'espoir de voir notre père ou Goran revenir vers moi, mais ils étaient hors de vue. Hors de voix et hors de tout, tout comme maman et Luna. Puis il m'a fallu extirper le petit corps supplicié. Il était trop abîmé pour que je puisse l'identifier. Un jeune chamois peut-être bien. Quand j'ai enfin pu libérer le raft, j'étais en nage. J'ai coupé la corde qui le retenait encore aux aulnes et je l'ai traîné sur le sol, secousse après secousse, une dizaine de mètres plus bas, pas loin de la rivière. Un de ses boudins avait été transpercé, mais il était compartimenté et cela n'affectait pas plus que ça son allure générale. De toute façon, nous n'avions rien pour réparer, pas que je sache.

Quand maman et Luna sont revenues vers moi, l'après-midi était déjà bien avancé. Elles ont vu le raft avant de me voir et elles ont couru vers lui en criant de joie. Plus tard nous avons aperçu papa et enfin Goran. Ils m'ont accueilli en héros et c'était suffisant à mon bonheur. Puis Goran a annoncé que le courant était trop rapide pour envisager de naviguer. C'était évident pour nous tous, mais, quand même, nous avons été très déçus. Avancer, ne serait-ce que d'une centaine de mètres, quitter la grotte, aurait été une vraie délivrance.

6

Après avoir goûté la veille la pénible et lente progression le long de la rive, nous nous sommes installés dans le bateau avec soulagement et avons regardé défiler les berges meurtries avec délectation. Notre père s'est assis à l'arrière, à la demande de Goran, tandis que Luna et moi avons pris place au milieu du raft avec tout notre équipement. Notre mère était à l'avant. Une question de poids, avait dit Goran. Une fois chargée, notre embarcation avait piètre allure. Nous avons navigué six heures d'affilée sur une eau trouble mais apaisée sans que personne ne trouve rien à redire. Puis Luna a déclaré avoir faim. Elle a été la première à exprimer son envie. Pour ma part, je l'avais réprimée toute la journée. Je me culpabilisais à l'idée de stopper notre progression pour une raison aussi prosaïque et j'ai accueilli la requête de Luna avec reconnaissance. Nous nous sommes arrêtés au pied d'une résurgence d'où s'échappait une abondante eau limpide qui cascadait sur un épais tapis moussu. Notre mère a sorti ce qu'il restait des provisions. Nous avons mangé en évoquant toutes les mésaventures que nous avait infligées le canyon. Puis nous avons écarté les affres des heures passées en nous projetant vers les douceurs à venir dès que notre camion rouge serait en vue.

Les gorges semblaient plus profondes que jamais. Le vert intense de la végétation alternait avec d'infranchissables falaises calcaires zébrées de longues traînées noires et humides. Des rapaces tournoyaient dans le ciel. Des vautours fauves qui avaient assurément repéré une carcasse. Je les ai reconnus au premier coup d'œil. Sur le causse, Luna et moi avions observé pendant des heures leur vol lent, apaisant et plein d'une aisance gracieuse. D'autres, plus petits, se sont mêlés à la ronde sans qu'il me soit possible de les identifier.

Nous avons rangé notre matériel de cuisine et, sans vraiment nous concerter, nous avons remis le raft à l'eau. L'ombre des parois noyait déjà le canyon, mais nous avions encore un peu de temps avant que l'obscurité de la nuit ne s'installe. C'était étrange de naviguer dans cette ambiance vespérale, d'avancer entre des murs sombres, ballottés sur un radeau à la couleur dissonante, qui s'affaissait à l'avant droit et embarquait des paquets d'une eau trouble. Nous avons descendu une succession de petits rapides qui maintenaient notre tension nerveuse à un niveau élevé. Je crois que l'obscurité nous a servis. Nous les avons enchaînés sans bien savoir où nous plongions nos pagaies.

Nous nous sommes arrêtés au milieu d'un chaos de blocs colonisés par une végétation débridée. Ce n'était vraiment pas un endroit propice pour passer la nuit, mais c'est le seul qui s'était présenté à nous. Après avoir hissé le raft sur les rochers de la berge et quitté nos combinaisons, nous nous sommes glissés dans nos sacs de couchage installés sur le bateau retourné. Les étoiles clignotaient à travers le feuillage. Au plus profond de la nuit, le débit de la rivière a considérablement baissé, mais son ronronnement était encore suffisant pour occulter les autres sons du canyon. Le chant obsédant de la Tara enflammait mon esprit.

7

Nous avions imaginé que le plus dur était fait, qu'il suffirait de se laisser glisser jusqu'à la sortie des gorges avant de nous précipiter vers le camion et Dobby. Mais la rivière ne partageait pas nos espoirs, pas plus que nos états d'âme. C'était juste une rivière qui déroulait son existence millénaire au fond d'un profond canyon, un élément constitutif de la nature en général. Ni bonne ni mauvaise. Un torrent qui creusait inlassablement son lit et dévalait d'innombrables gradins rocheux.

Dès le premier rapide, le raft s'est retourné sans que je comprenne pourquoi. Il m'était apparu débonnaire comparé à tous ceux que nous avions franchis précédemment. Je me suis retrouvé dans l'obscurité et j'ai voulu crier. Avant de comprendre que j'avais le bateau sur la tête, la panique m'a fait inhaler de l'eau qui me brûlait les poumons. Mes jambes ont pris des coups. Quand je me suis extirpé de sous le raft, la lumière m'a frappé. J'ai aperçu Luna agrippée au bord opposé, puis notre mère. Nous avons dévalé ainsi une zone encore très agitée avant de pouvoir le tirer vers la berge. Nous avons cherché notre père et Goran du regard. Nous les avons appelés. Nous avons crié leurs noms de concert sans avoir véritablement l'espoir d'être entendus ne serait-ce que depuis l'autre rive.

— Vous les avez vus quand on est passés à l'eau ?

— J'ai rien pu voir, m'man, le raft m'est retombé dessus et j'ai bu la tasse.

— Moi non plus, rien.

— Mon Dieu, il faut pourtant bien qu'ils soient quelque part.

— Qu'est-ce qu'on fait ?

— On va remonter la rivière. Ils ont sans doute pu sortir de l'eau avant nous.

L'angoisse que je sentais s'engouffrer en moi s'est un peu estompée. Luna était optimiste et je me suis empressé de la rejoindre dans cette voie. Et puis papa n'était pas seul. Il était avec Goran et notre guide connaissait son affaire. Nous sommes remontés jusqu'au premier rapide. Il était situé dans une courbe et l'eau bouillonnante se glissait le long de la paroi érodée en forme de voûte. Nous avons crié leurs noms, encore et encore, à en perdre la voix. Puis Luna a dit :

— Ils ont peut-être été emportés par le courant bien plus loin que nous.

— On les aurait vus passer. Alex et Goran se sont noyés, Luna ! Votre père s'est noyé, les enfants, vous entendez ce que je dis ?

— Allez viens, maman, il faut que l'on aille voir plus bas, ils ont peut-être besoin d'aide !

Nous sommes retournés au raft et nous l'avons poussé dans l'eau.

— Qu'est-ce que tu as fait de ta pagaie, Tom ?

— J'en sais rien. J'ai dû la perdre en passant à l'eau.

— Merde !

— C'est ce que je me suis dit.

— On y va quand même.

Notre mère avait été difficile à convaincre. Nous avons scruté les rives avec fébrilité. Le courant était violent et le temps a filé dans le même élan. Nous avons franchi un nouveau rapide en nous accrochant au fond du bateau qui avait perdu tout son chargement. J'ai levé la tête, croisé le regard de maman et j'ai lu dans ses yeux ce que mon esprit me susurrait déjà. Je l'ai prise dans mes bras et Luna nous a rejoints. Nous sommes restés ainsi un bon moment, serrés les uns contre les autres. Les parois du canyon tournoyaient dans le bleu du ciel de façon désordonnée et incontrôlable. La rivière s'agitait et grondait dans notre dos. Elle emportait nos vies dans ses tourbillons maudits. Une buse est entrée dans la ronde et a crié quelque chose. J'ai regardé sa tête tournée vers nous. Une tête incroyablement mobile, fixée à l'extrémité de son corps hiératique étendu sur un courant d'air.

Luna a sursauté. Elle a dit : « Papa ? » Je me suis redressé et sur la rive gauche j'ai vu Goran, engoncé dans son gilet de sauvetage rouge, qui faisait signe avec sa pagaie. Luna et maman ont ramé vers le bord et Goran est entré dans l'eau pour tirer le raft.

— Où est Alex ?

Maman avait posé la question calmement. Notre père ne pouvait pas être bien loin. Goran n'a rien répondu.

— Putain, Goran, dis-moi où est Alex !

Il avait le regard fixe. Un regard qui disait qu'il n'avait rien pu faire, qu'il était désolé, toutes ces choses que les mots peinent à exprimer. Il lui a pourtant bien fallu les formuler. Sa voix était mal assurée.

Maman a plaqué sa main gauche sur sa bouche, puis elle a placé la droite dessus. Sur ses joues coulaient des larmes qui se mêlaient à l'eau de la Tara qui dégouttelait de ses cheveux. J'ai attrapé la main de Luna. Nous étions debout, les pieds et l'esprit dans la vase. Le canyon n'était plus qu'un cloaque. La rumeur de la rivière m'est devenue insupportable et j'ai hurlé pour la faire taire.

8

L'épreuve d'une nouvelle nuit dans le canyon se dessinait dans la lumière froide et crépusculaire de la journée qui s'achevait. Une journée cruelle à bien des égards. Sous les injonctions de Goran nous avions repris notre progression. La section de la Tara que nous venions de franchir était difficile, probablement plus encore que les rapides des premiers jours. Nous voguions dans un état second, abattus par la douleur, abrutis par la fatigue, le stress, le froid qui nous gagnait de nouveau et par le tas d'avanies qui nous étaient tombées dessus depuis que nous avions plongé le premier orteil dans la rivière. Goran assumait tout. Seule Luna apportait encore sa contribution en pagayant. Puis un bruit de moteur a écorché le ronronnement monotone des gorges. Un bruit furtif. Un vrombissement avec de l'humain dedans, une pétarade qui annonçait la sortie du canyon. Elle a aiguillonné notre instinct de survie ou quelque chose qui avait à voir avec ça. Une heure plus tard, nous avons vu se dresser en travers de la rivière un pont en pierre. Un pont avec une belle arche en demi-lune qui s'élevait à peine une dizaine de mètres au-dessus de son lit. Nous avons échoué le raft juste après, sur une courte plage de sable gris. Il y avait là deux hommes et un garçon de notre âge qui pêchaient. Ils nous ont observés un moment avant de nous aider à sortir le bateau de l'eau tout en nous posant une volée de questions. Goran a répondu par monosyllabes secs comme le bruit de galets lancés dans la rivière. Nous sommes montés jusqu'à la route. La température était délicieusement douce, aussi surprenante qu'au sortir d'un gouffre. C'est difficile à admettre, mais cela m'a marqué. De l'autre côté du pont, il y avait une tonnelle éclairée par des lampions multicolores. Elle était adossée à une longue bâtisse en pierre. Des éclats de voix s'en élevaient parfois, couvrant les commentaires d'un match diffusé sur un grand écran. Elle nous a attirés comme des papillons de nuit. Sur un parking en contrebas de la route s'est dessinée la silhouette de notre camion rouge avec ses lettres blanches sur les flancs. Notre mère est allée chercher la clé cachée sous le pare-chocs avant, puis elle a ouvert la porte. Luna et moi ne l'avons pas suivie. Nous avons pressé le pas pour rattraper Goran, sans courir. Nous en aurions probablement été capables, mais ce qui nous bridait était d'une nature autre que physique. Dans la torpeur du moment et les brumes d'une langueur générée par l'affliction, nous prenions conscience de la fin d'une épreuve, d'une épreuve dantesque qui n'était que la pierre de touche de celle qui s'ouvrait à nous.

Nous sommes entrés dans la lumière et des regards se sont tournés vers nous. Dans nos combinaisons néoprène sombres, nous avions l'allure de papillons sans ailes. Le restaurant n'était pas bien grand. Les tables étaient toutes occupées. Un peu en retrait, des volutes s'élevaient au-dessus d'un lit de braises, emportant avec elles l'odeur de poissons grillés. Au bar, devant l'écran, étaient agglutinées une vingtaine de personnes qui tenaient leur verre de bière à bout de bras. Goran a dit deux mots à un type qui lui a passé un téléphone. La conversation a duré cinq minutes. Il a raccroché, a discuté un moment encore avec le serveur qui hochait la tête, puis il est venu vers nous.

— J'ai commandé à manger. Allez rejoindre votre mère, je vous apporterai ça quand ce sera prêt.

— Et pour papa ?

— Les secours ne sont pas organisés pour intervenir dans le canyon. Rien ni personne n'est préparé à faire ce genre de chose.

— Alors il va rester là-bas pour toujours ?

— Je suis désolé. Je vais voir ce qu'on peut faire.

— Je ne sais pas si j'ai envie d'entendre ça ! Maman non plus.

Je me suis mis à pleurer, avec de ces gros hoquets sonores qui font mal au plexus. Luna m'a donné un coup de coude dans les côtes. Elle avait les yeux secs et le visage fermé.

— Quand est-ce que ton ami ramène Dobby ?

— Il sera là dans un moment et elle va vous faire une fête de tous les diables !

Nous sommes retournés au camion. Maman était nue devant le miroir fixé sur la porte des toilettes. Sa peau si soyeuse et blanche était marbrée par de vilaines marques bleu nuit. Sur tout son corps. Elle examinait les larges contusions situées sur ses côtes et ses cuisses avec effarement.

— Regarde ça Luna, regarde dans quel état je suis !

— Je vois, maman. C'est sûrement pareil pour nous tous.

— Oh, mon Dieu, j'ai peut-être bien quelque chose de cassé.

— Tu le saurais, maman. Habille-toi, Goran va revenir avec quelque chose à manger.

— Je n'ai pas faim. Qu'est-ce qu'il adviendrait de vous s'il m'arrivait malheur à mon tour ?

— Il ne t'arrivera rien. On va rester ensemble tous les trois, avec Dobby aussi. Goran a dit que le gars qui a amené le camion ici sera là avec elle dans un moment.

— Et Alex ? Il a dit quelque chose sur Alex ?

— Les secours ne peuvent rien faire pour l'instant, c'est ce qu'il a dit. Il faut que tu te reposes. Tiens, enfile ça !

Maman était au bout du rouleau. Elle tardait à mettre les vêtements que lui tendait Luna. Après un long moment, Goran nous a rejoints les bras chargés de sandwichs aux poissons grillés, de sodas et de bières. J'ai un peu honte d'avouer avoir mangé avec appétit ce soir-là, mais à la fin du repas j'ai été soulagé de constater qu'il ne restait rien de ce qu'avait apporté Goran.

La nuit était bien avancée, les clients du restaurant étaient partis et les lumières extérieures étaient éteintes quand une voiture s'est arrêtée près du camion.

— C'est Milorad. Je parie que Dobby vous a déjà repérés.

Nous avons couru jusqu'à la voiture, mais elle n'était pas dedans. Goran et son ami ont discuté un instant, puis le ton est monté. Le type au faciès consanguin faisait de grands gestes et Goran répondait de même. J'ai tout de suite pensé qu'un truc grave était arrivé.

— La chienne s'est sauvée le jour où il a garé le camion sur ce parking. Elle s'est échappée dès qu'il a ouvert la porte. Il dit qu'il l'a cherchée un peu, mais qu'il n'avait pas trop de temps pour ça.

J'ai regardé le type qui ne semblait nullement affecté par sa méprise. Il m'est apparu encore plus laid, plus simple d'esprit que le jour du départ. Je me suis demandé ce que Luna en pensait, si sa théorie du yin et du yang tenait toujours.

— On la cherchera demain. Il faut aller vous coucher maintenant.

Goran est allé voir maman. Il l'a serrée dans ses bras en disant « Je m'occupe de tout, Émilie. Je repasserai demain en fin de matinée. En attendant, essaie de dormir un peu ». Il était rare qu'un ami appelle notre mère par son vrai prénom et cela a caractérisé à mes yeux tout le tragique de notre situation.

Nous nous étions allongés tous les trois dans la couchette du bas, celle de nos parents. Maman respirait fort et remuait sans cesse. La rivière grondait dans le silence de la nuit. Sa rumeur emplissait tout l'espace. Je me suis tourné vers Luna. Elle pleurait. Son corps frissonnait. Elle n'aurait pas aimé que je voie ça, je le savais. J'ai posé ma main sur ses cheveux. Elle l'a fait glisser sur son visage. J'ai senti ses larmes barbouiller ses joues. Elle l'a embrassée, puis elle m'a mordu dans le gras du pouce. J'ai serré les dents pour ne pas crier. Puis Luna a posé sa tête dans ma paume. Peu à peu sa respiration est devenue régulière. Elle m'avait mordu comme on se confie, pour dire sa rage, son désespoir et tant d'autres choses encore que je n'avais pas su entendre.

Maman a hurlé quelque chose et je me suis redressé en sursaut. Elle était en proie à une crise de panique terrible. Elle disait : « Faites-la taire ! Je vous en supplie, faites-la taire. » Elle s'est levée et a fait des va-et-vient dans le camion avec les mains sur les oreilles.

— Qu'est-ce que tu as, maman !? Qu'est-ce qui se passe ?

— C'est la rivière, je crois. Elle ne veut plus l'entendre.

Maman continuait à se cogner partout en criant. Nous étions terrorisés et désemparés. Luna m'a dit :

— Démarre le camion, Tom, fais vite.

— Tu veux que j'aille où ?

— Tu peux passer sur le pont ?

— Oui, je crois.

— Fais ça, après on verra.

Le ronronnement du moteur a insufflé en moi quelque chose de protecteur. J'ai embrayé en me mettant debout sur la pédale et en tirant sur le volant pour me donner plus de force, passé la première, relâché l'embrayage et le camion s'est ébranlé d'un coup de reins avant de se dandiner dans les ornières du terre-plein. Le moteur avait un sacré couple, je l'avais déjà testé quand papa me laissait conduire sur les chemins. Une fois en mouvement, je n'avais plus qu'à gérer l'accélérateur et la direction. Elle était affreusement dure. J'ai visé le milieu du pont, pris soin de m'en dégager avant de tourner à gauche et de suivre une route qui, dans la lueur jaune des phares, me semblait trop étroite pour le gabarit du camion. Luna se tenait debout derrière moi. Maman ne disait plus rien. Nous avancions lentement, à peine moins vite qu'à vélo. Dans une courte ligne droite, j'ai passé la seconde en faisant un double débrayage, comme l'aurait fait notre père. Ça ne l'a pas empêchée de grincer avant de s'enclencher et j'ai bien cru que le moteur allait s'étouffer. Avec la vitesse, la direction est devenue un peu plus légère. Nous avons roulé pendant un temps qui m'a semblé très long. La route s'élevait sur le versant dominant la rivière. Mes yeux me brûlaient à trop vouloir percer la pénombre au-delà du faisceau des phares. Nous sommes entrés dans une forêt de sapins très sombre. J'ai commencé à réaliser ce que j'étais en train de faire et ma jambe droite s'est aussitôt mise à trembler. Des grumes empilées sont apparues en retrait de la route. Je me suis dirigé vers elles sans hésiter, avec en tête l'image des grumiers que j'avais eu l'occasion de croiser. Je savais qu'il leur fallait beaucoup de place pour manœuvrer et que je ne pouvais pas mieux tomber pour garer le camion. Il a tressauté sur quelques mètres avant de caler. J'ai laissé les phares rompre la nuit un instant. Une nuit sombre au beau milieu d'une forêt de conifères. La lumière perçait timidement les ténèbres et ne se risquait pas au-delà de la lisière. Luna a tendu le bras, coupé les feux puis allumé les loupiotes qui éclairaient l'intérieur. Maman était assise sur la banquette de la table.

— Alex ne nous retrouvera jamais ici !

— Ne dis pas des trucs comme ça, m'man ! Je t'en prie.

— Je veux le voir, j'ai besoin de le voir.

— S'il te plaît, m'man. Il faut te recoucher maintenant.

— On ne peut pas le laisser seul dans son état, dans le froid.

Elle s'est levée et a ouvert la porte.

— Habille-toi avant de sortir.

— Oh, merci ma chérie.

Elle a plaqué ses mains sur sa poitrine, a enfilé un pull et une paire de chaussures, puis elle est descendue du camion.

— Je ne sais plus de quel côté nous sommes arrivés !

— Ça ne sert à rien, maman. Papa est resté dans le canyon. Mais si tu veux marcher un peu je t'accompagne. Écoute, on entend le vent dans les sapins. La rivière s'est éteinte. Il faut qu'on se repose, qu'on garde notre sang-froid, sinon demain sera encore pire.

— Rien ne peut être pire, Luna, non, rien ne sera jamais pire…

Luna a pris la main de maman et l'a ramenée vers le camion. Elle s'est assise sur le marchepied, le regard vissé dans le tableau sombre des bois, et elle y est restée jusqu'à ce qu'une chouette vienne donner de la voix au-dessus de nos têtes.

9

Ce matin-là l'air était limpide. Les grumes d'épicéas et de pins noirs exhalaient une entêtante odeur de résine et de timides rayons de soleil chassaient les ombres de l'aube. Les oiseaux se chamaillaient et s'invectivaient gaiement. La nuit m'avait été tout ce qu'il y a de plus pénible. Maman, le canyon et notre père m'avaient réveillé en sursaut une bonne dizaine de fois, mais la fatigue me replongeait sans attendre dans un sommeil épais et quinteux. Il arrive que notre esprit se laisse aller avec la météo du jour, mais l'inverse ne se produit jamais. La nature n'a pas d'état d'âme et c'était déconcertant de devoir confronter la douleur du moment à des lumières enivrantes, à de musculeux arbres centenaires et aux trilles des passereaux qui peuplaient leur branchage. Je n'ai pas voulu réveiller Luna, elle dormait avec maman. Je suis descendu à la rivière en trottinant. J'ai dévalé la pente sans effort. Depuis la route, j'ai observé le restaurant et les alentours. Tout était calme. Le raft rouge avec son boudin crevé était là où nous l'avions laissé la veille. C'était difficile de le regarder. Il portait en lui quelque chose de térébrant.

En aval du pont, les berges étaient couvertes de

sycomores et de hêtres. Les eaux calmes et apaisées ne disaient rien des souffrances endurées dans le canyon. Elles glissaient vers un bassin étroit et profond, jouaient nonchalamment avec les premiers rayons de soleil, avant de s'incurver vers des masses rocheuses à l'allure débonnaire. J'ai franchi l'arche de pierre et suivi instinctivement un sentier battu par les pêcheurs qui s'amorçait au fond du terre-plein où nous avions retrouvé le camion la veille. Un épais tapis de feuilles sèches crépitait parfois sous les pattes de grives ou de lézards et me faisait tressaillir. Je ne savais vraiment pas où chercher, alors pourquoi pas le long de la rivière ? Je suis arrivé près d'une bâtisse écroulée depuis bien longtemps. J'ai entendu des gémissements. J'ai fait le tour des murs ruiniformes et, devant ce qui avait dû être une porte de cave, j'ai trouvé Dobby, piégée par sa corde coincée dans un gond scellé dans la pierre. Elle était assez mal en point. Des traces de morsure et de sang souillaient son pelage noir et fauve et ses oreilles étaient déchirées. Comment se défendre face à des chiens errants, des loups peut-être, quand on n'est pas libre de ses mouvements ? Elle m'a regardé avec des yeux tristes. Je l'ai détachée et elle s'est mise péniblement sur ses pattes en battant de la queue. Elle était déshydratée. C'est pourtant auprès de Dobby que j'ai trouvé du réconfort. Je l'ai serrée dans mes bras avant de la conduire à la rivière. Elle a bu avidement pendant que je lavais ses plaies, puis elle s'est ébrouée. J'ai attrapé le bout de corde attachée à son collier et nous sommes remontés jusqu'au camion. Dobby a rapidement tiré sur sa laisse. Elle avait faim. Elle était concentrée sur l'instant à venir et semblait faire peu de cas des mauvais moments passés. Je me suis demandé si maman, Luna et moi serions capables de faire de même un jour, mais le désarroi que j'avais en moi prédisait que ce n'était pas pour demain.

En apercevant le camion, Dobby s'est mise à aboyer. Luna est aussitôt sortie en criant son nom. J'ai lâché la corde et la chienne s'est élancée vers elle avec toute l'énergie dont elle disposait encore. C'était comique et triste à la fois de la voir clopiner tout en remuant la queue avec une telle intensité que son équilibre en était sérieusement affecté. Maman se tenait debout sur le marchepied. Sur son visage décomposé on pouvait lire à cent pas les épreuves endurées, sa nuit sans sommeil, mais aussi l'espoir que le retour de notre chienne faisait naître.

Maman a redescendu le camion sur le terre-plein à côté du pont. Une certaine effervescence régnait sur la berge où reposait notre raft. Goran est apparu comme nous l'avions quitté, vêtu de sa combinaison néoprène noire. Il nous a expliqué qu'une équipe allait tenter d'atteindre le rapide où avait disparu notre père, en remontant la rivière, et qu'il se joignait aux secours. Qu'accéder depuis l'amont prendrait beaucoup trop de temps. Une voiture de police est arrivée quelques instants plus tard. Goran était déjà dans l'eau avec cinq gars équipés de flotteurs et de cordes. Trois flics ont demandé à maman, sans aménité, nos papiers et ceux de papa. Le plus grand a couché les noms sur un formulaire illisible et a pointé du doigt l'endroit où elle devait signer. Pendant ce temps l'un d'eux est entré dans le camion avec autorité. Luna l'a suivi. En sortant il en a fait le tour en affichant un air circonspect, puis les trois sont remontés dans leur voiture, se sont arrêtés un moment sur le pont pour observer la progression des secours, et on ne les a plus jamais revus. Papa était officiellement reconnu comme noyé dans le canyon, enfin c'est l'idée que je m'étais faite du document que notre mère venait de signer, et les flics ne semblaient nullement affectés par leur mission. Pire encore, ils nous étaient apparus coupants et distants. Aux antipodes de ce que notre cœur peinait à surmonter. Ça a été difficile à avaler.

L'attente a été longue. Luna et moi faisions des allers-retours incessants entre la rivière et le camion tandis que maman tournait en rond dans l'ombre épaisse des sycomores qui bordaient le parking. Puis il y a eu des signes avant-coureurs. Une agitation sonore sur le pont. Les premiers secouristes se sont hissés sur la berge. Le matériel qui pendait à leur baudrier cliquetait funestement à chacun de leurs pas. Maman les observait depuis l'arrière du camion. Quand Goran nous a aperçus, il est venu immédiatement vers nous.

— Il faut que je parle à Mily !

C'est tout ce qu'il a dit et nous n'avons pas posé de question. Maman nous a regardés approcher sans faire le moindre mouvement. Goran s'est tordu les doigts un bref instant.

— Je suis désolé, nous n'avons rien pu faire. Nous n'avons même pas pu accéder au rapide.

— Oh mon Dieu ! Alors tout est fini maintenant. Qu'est-ce que l'on va devenir ?

En ouvrant ses bras, elle nous avait demandé de la rejoindre. Nous nous sommes serrés contre elle. Notre père baignait dans les eaux froides de la Tara et je me suis demandé combien de temps il faudrait aux vautours pour repérer son corps et s'en repaître. Pour que ses os polis par la rivière ressemblent à des galets légers comme une poignée de pierres ponces. Et combien de temps encore pour que ces galets d'os soient concassés en grains de sable blanc que les truites balaieraient d'un revers de nageoire caudale pour frayer.

— Je vais vous ramener chez vous. Je repasserai demain matin.

— C'est où chez nous ? Avant, avec Alex, c'était partout et partout c'était bien.

— Tu auras le temps d'y réfléchir.

— Ne nous laisse pas ici, maman ne supporte pas le bruit de la rivière et elle n'est pas en état de conduire. Hier soir nous sommes allés nous installer dans une clairière, par là-haut.

Luna montrait la forêt.

— Je connais un coin tranquille sur le plateau, je peux vous y accompagner. Tu es d'accord avec ça, Émilie ?

Notre mère n'a rien répondu.

Goran s'est arrêté près d'une grange au toit très pointu. Nous n'avions aucune idée de l'endroit où nous nous trouvions, pas plus que de celui où conduisait la route que nous avions suivie. Tout autour de la grange, les prés attendaient d'être fauchés. Des hautes herbes émergeaient une multitude de fleurs jaunes, blanches, bleues, violettes et de bien d'autres couleurs encore. Je garde de cet instant un souvenir vivace, quelque chose comme le battement d'ailes, dans la paume de votre main, d'un oiseau que l'on croyait mort, et de la chaleur de la fiente de frayeur dont il vous gratifie avant de prendre son envol. Un instant de grâce bien ancré dans la réalité du moment. Après les heures passées dans l'exiguïté nocive du canyon et la disparition de notre père, les vastes prairies enluminées, qui glissaient jusqu'aux contreforts rocheux des sommets, étaient vivifiantes. Luna et moi sommes allés cueillir une brassée de fleurs odorantes que nous avons posées sur les genoux de notre mère. Goran nous a dit : « J'aimerais parler à Mily avant de partir. » Nous avons filé explorer la grange. Elle sentait le foin, le bois et la vieille graisse émanant d'antiques matériels agricoles. L'étage était vide. Un rayon de soleil transperçait le toit et dessinait dans la poussière un rond éblouissant de la taille d'une pièce de monnaie. Le plancher était couvert d'une multitude de choses ovoïdes.

— C'est dégueulasse ! Il y a des rats gigantesques dans le coin ! Viens, fichons le camp !

— C'est des pelotes de chouette ! Regarde, il y a plein de petits os dedans.

— Qu'est-ce qu'on va devenir, Luna ?

— Pourquoi tu dis ça ?

— Parce que papa n'est plus là !

— Goran a dit qu'il fera la route avec nous.

— Tu sais bien que ce n'est pas ce que je voulais dire !

— J'essaie de ne pas trop y penser. Demain sera difficile, c'est tout ce que je sais.

— Et tous les jours qui suivront…

— Pour maman ça va être plus dur encore, j'imagine.

— Pourquoi plus que pour nous ?

— Je ne sais pas trop. J'ai dit ça comme ça !

— On va aller où ?

— J'en sais rien du tout, maman aura sans doute une idée.

En descendant nous avons aperçu un énorme nid de guêpes. Il était vide et faisait bien la taille d'une bonbonne de gaz. Nous avons lutté un moment pour le décrocher afin de pouvoir le montrer à notre mère. Nous avions probablement imaginé pouvoir détourner son esprit une minute ou deux avec cette incroyable ogive alvéolée. En arrivant au camion nous l'avons trouvée assise sur la route, seule. Elle avait arraché les fleurs de notre bouquet et avec les pétales elle écrivait quelque chose. En s'approchant, on avait pu lire « Alex ». Luna a jeté le nid dans le talus et nous nous sommes agenouillés près de notre mère. Nous sommes restés ainsi jusqu'à ce que Goran revienne, dans un pick-up vert kaki, avec des espèces de beignets fourrés au fromage et aux légumes. Luna et moi avions faim, mais il nous était difficile d'avaler quoi que ce soit tant le regard désemparé de notre mère nous figeait la luette au fond de notre gorge.

Quand le ciel s'est assombri et que la nuit a éteint les couleurs et dissous notre camion dans l'obscurité de la prairie, nous sommes rentrés. Maman a enfilé un T-shirt appartenant à notre père. Il y était écrit en lettres bleues « J'ai décidé d'être heureux parce que c'est bon pour la santé », lettres que les sanglots de notre mère tachaient de larges auréoles de désespoir.

10

C'est Goran qui en avait eu l'idée et Luna lui avait emboîté le pas. Le camion rouge remontait vers le nord de l'Italie en suivant la côte depuis la descente du ferry. C'était un soulagement que de ne pas avoir à refaire le même chemin qu'à l'aller. Les champs d'oliviers défilaient dans la lumière blanche d'un après-midi écrasé de soleil quand elle a lancé :

— Là où on était l'été dernier, à la Ferme de l'Air. Je crois que papa aimerait nous savoir là-bas.

À cette évocation, maman s'est mise à sangloter.

— Oh, ma chérie, c'est si difficile !

— Ce n'est qu'une idée, mais il adorait cet endroit.

— Tu es si différente. Tu n'as jamais l'air effrayé par la vie.

— Ça veut dire que tu es d'accord ?

— Peut-être bien que c'est ce que nous devrions faire.

— C'est une sage décision, Mily. Au moins tu seras chez toi là-bas.

Goran a allumé la radio afin d'éviter d'avoir à débattre sur le sujet et un long monologue en italien a suivi sans que personne ne songe à changer de fréquence. C'est difficile de trouver un endroit où aller quand on est de nulle part.

Nous avons mis quatre jours pour rejoindre la ferme perchée sur le causse. Quatre journées qui auraient pu être délicieuses si nous n'avions pas laissé notre père au fond du canyon. Les premiers soirs nous avons dormi au bord de la mer. Nous sommes allés nous baigner. Si maman ne nous avait pas invités à le faire, nous serions restés assis sur la plage. La nuit, le vent du large entrait par les fenêtres et apportait un peu de fraîcheur. Ces journées ont été comme une transition, une suture avant de devoir reprendre une nouvelle vie. Mais dans mon esprit je voyais notre père flotter entre deux eaux et c'était difficilement supportable.

Quand Goran a coupé le moteur, derrière le muret qui marquait l'entrée de la ferme, il était déjà tard. La nuit était sombre et des nuages sécrétaient une pluie gluante propre à affecter le moral des pierres. L'air était frais, sentait la terre humide et les herbes sèches. Nous avions tous en tête, j'imagine, la délicieuse agitation qui avait régné dans ces lieux l'été dernier et le contraste était à contre-courant de ce qu'il fallait à nos esprits ébranlés. Seule Dobby était insensible à ces sentiments et elle s'est mise à gambader la truffe pointée vers le sol. Goran a fait un tas d'efforts pour rendre l'atmosphère moins déprimante, sans résultat probant. Une heure plus tard, il est allé se réfugier dans l'abri que Luna et moi avions naguère occupé.

Avant de nous allonger dans notre couchette avec Dobby, Luna m'a susurré :

— Demain il fera beau et on pourra commencer.

— Commencer quoi ?

— Le reste de notre vie.

— Comment tu fais, Luna ?

— Comment je fais quoi ?

— Pour ne pas avoir peur !

— J'aimerais que ça s'arrête. Que tout ce qui nous est arrivé ne soit jamais arrivé. Mais je sais aussi que papa ne voudrait pas nous voir baisser les bras.

— On fait comment pour ne pas « baisser les bras » ? Je ne suis même pas sûr de savoir ce que ça veut dire.

— Ce n'est pas ce qui compte. Il faut le faire, c'est tout.

— Et Goran ? Tu crois qu'il va rester quelques jours avec nous ?

— Peut-être bien, mais je préférerais qu'il s'en aille.

— Pourquoi tu dis ça ? Il a organisé les recherches pour papa, il ne nous a pas laissés tomber. Je ne sais pas comment nous serions arrivés ici sans lui. Maman était incapable de conduire.

— Maintenant nous sommes là et un jour ou l'autre il fichera le camp. Alors c'est mieux s'il se barre tout de suite.

Au petit matin je suis sorti avec Dobby. Le ciel, encore un peu ensommeillé, était d'un limpide bleu sombre. La nuit avait été abominablement silencieuse. De ces silences qui font de la fuite effrénée d'un lapin un crépitement anxiogène, du jappement d'un renard un mauvais présage, et que dire du vol feutré et du hululement des chouettes qui habitaient le coin ?

Rien n'est venu entacher la promesse de l'aube et une heure plus tard le soleil chauffait avec ardeur.

La terre et tout ce qui reposait dessus exhalaient des fumerolles iridescentes qui se dissipaient après s'être élevées d'une trentaine de centimètres à peine. Maman est sortie du camion avec le chant des cigales. Il griffait autant le silence que sa douleur à vif. Elle a esquissé une grimace avant de faire glisser sur ses yeux rougis les lunettes de soleil qu'elle avait fichées dans ses cheveux. Je ne me souvenais pas d'en avoir entendu l'été précédent. Les stridulations provenaient du bosquet de pins noirs et de buis qui s'élevait à deux pas des murs ruiniformes marquant la frontière entre les bâtisses et le plateau désertique aux allures de pampa. Une étroiture laissait le passage à un sentier qui s'aventurait dans les pelouses sèches. Il dessinait une élégante courbe, dictée par d'énigmatiques impératifs, avant de se fondre près d'un chaos rocheux. Maman a fait le tour du camion, s'est reculée pour mieux le voir. Sa couleur rouge délavé avait retrouvé son vernis d'antan après la pluie de la veille. Elle a caressé ses flancs, puis elle a rejoint la route. Elle a regardé le sillon noir de part et d'autre, comme le font les personnes qui espèrent quelqu'un qui n'est pas censé venir, puis elle s'est assise par terre, en tailleur. Luna est arrivée derrière moi sans que je l'entende approcher :

— Maman est toujours dans le canyon. Je me demande si c'était une bonne idée de revenir ici. Il n'y a rien ni personne pour occuper son esprit.

— Moi aussi je passe mes nuits dans la rivière, et puis nous sommes là !

— Maman c'est pas pareil. Son jumeau à elle, c'était papa.

J'ai filé vers le camion pour ne pas montrer mes

larmes. Je n'avais pas la force d'entendre ce genre de chose. Luna est entrée, longtemps après moi, seule.

— Tom, tu te souviens de ce qu'on s'est dit hier soir ?

— C'est toi qui as parlé. C'est toujours toi qui parles !

— Si maman nous voit pleurer, ce sera encore pire pour elle.

— Je sais ça.

— On ne peut pas la laisser couler elle aussi.

— On devrait peut-être en parler à Goran.

— Qu'est-ce que tu veux qu'il fasse ?

— Je ne sais pas trop, demander à tous ceux qui étaient là l'été dernier de revenir ?

— On pourrait le faire nous-même, j'imagine, mais ce serait comme inviter le fantôme de papa.

— Putain, Luna, pourquoi tu sors des trucs pareils ?

— Parce que ce ne serait vraiment pas une bonne idée.

— Alors fallait pas venir ici !

— On ne peut pas complètement se soustraire au passé. Il faut bien se poser quelque part. Ici, on ne devrait pas nous chercher d'ennui.

— Avec Goran on ne risque rien.

— Il ne devrait pas rester avec nous ! Pas après ce qui s'est passé !

— C'est à maman de décider.

— Peut-être bien, mais ça ne m'empêche pas de penser qu'il ne devrait pas rester. Je me demande où il est, je ne l'ai pas encore vu.

Goran est arrivé en début d'après-midi avec sur le dos un énorme sac et un tout aussi pesant au bout de chaque bras. Les fonds raclaient les plus grosses pierres du chemin et menaçaient de s'éventrer. Il les a posés devant le camion, puis il s'est assis sur le marchepied. D'un des sacs il a extrait un pack de bières, a ouvert une canette et a bu longuement.

— Mily est dans le coin ?

— Elle est dans le cabanon. Elle range les outils de papa.

— Je vois.

— Et toi, tu étais où ?

— Je suis allé faire quelques provisions.

— Tu es descendu au village ?

— Ouais, c'est ce que j'ai fait !

— Tu y es allé comment ?

— En faisant du stop. Ça m'a pris du temps, il n'y avait pas foule sur la route ! J'ai demandé à un gars qui distribuait des tracts pour une fête altermondialiste, sous les marronniers de la place, de me remonter. Il m'a parlé de la catastrophe humanitaire engendrée par la mondialisation et des vertus de la décroissance pendant tout le trajet. C'était le tarif pour le transport, j'imagine.

— Maman n'avait rien demandé !

Luna avait sorti ça en fouillant dans les sacs et Goran l'a regardée en souriant.

— T'as une drôle de façon de dire merci.

— Pour la descente en raft aussi il faut te dire merci ?

Elle avait répliqué sans élever la voix, en continuant à faire l'inventaire des provisions. Le sourire de Goran s'était crispé. Il a fait un mouvement avec le bras, comme pour chasser une guêpe trop entreprenante.

— Je dois partir quelques jours. J'ai pensé que ça pourrait vous dépanner quelque temps.

— Arrête de penser, tu vois où ça nous a menés !

Goran s'est levé. Il s'est dirigé vers le cabanon avec sa bouteille de bière à la main. Il a dit deux mots à notre mère avant de rentrer dans la bergerie. Sa démarche était pesante, comme s'il n'avait jamais posé ses sacs.

11

Au cours de l'automne 1967, une femme avec une robe en laine de couleur claire, peut-être n'était-ce qu'un pull trop large pour elle, avait donné naissance à notre père dans une casemate faisant face à la Manche. C'était une très jeune femme, plutôt frêle, avec des cheveux courts et des yeux d'un bleu délavé. Elle avait traîné plusieurs jours dans le village côtier sans que personne ne sache quand elle était arrivée ni d'où elle venait. Le vent poussait l'écume haut sur la plage et l'on comprenait alors mieux pourquoi les pins noueux, cinglés par le sable, avaient cette allure cintrée. Il a été trouvé par un pêcheur à pied, que la marée montante avait chassé de la grève, dans un blockhaus rongé par les embruns. Il gisait près de sa mère, petit paquet de chair ensanglantée, couchée sur la robe de laine. L'homme avait coupé le cordon ombilical après avoir constaté qu'il n'y avait plus rien à faire pour la malheureuse accouchée, s'était signé, avait placé l'enfant dans sa vareuse et rejoint le chemin des douaniers par le long sentier sableux qui s'élevait au milieu des fougères et des hampes d'asphodèles secs. On sut qu'elle venait des Flandres et qu'elle se prénommait Éva-Luna, mais rien de celui qui lui avait labouré le ventre. Notre père n'avait eu pour faire vivre le souvenir de cette mère inconnue que deux articles de journaux et une photographie aux couleurs tièdes. Elle posait en robe d'été sur un ponton de bois qui s'avançait sur les eaux scintillantes d'un étang bordé de forêts, les bras nus, levés comme on s'étire. La photo était épinglée sur le mur de lambris qui séparait l'espace repas de l'alcôve de nos parents. Elle ne souriait pas. Elle ne semblait ni malheureuse ni heureuse, un peu sauvage et sans illusion sur ce qu'il fallait attendre de la vie. Le géniteur de notre père était probablement derrière l'objectif et ça avait dû lui être difficile de le sentir si prêt et si insaisissable à la fois.

J'ai pensé à cette toute jeune aïeule en regardant Luna. Il n'y avait pas que le regard de cette femme en elle, quelque chose comme une insoumission, une indocilité que notre grand-mère lui avait refilée sans m'affecter. C'était la seule explication. La seule qui me permettait de comprendre comment Luna pouvait dire des choses mordantes avec autant de détachement dans la voix.

Nous sommes allés retrouver notre mère dans le cabanon. La chaleur y était étouffante. Elle était assise sur le sol terreux, au bout du rectangle de lumière dessiné par la porte basse, près de la caisse en bois dans laquelle notre père rangeait ses outils. Elle étreignait la ceinture porte-outil jaspée qu'il s'était bricolée. Dobby s'était calée entre ses jambes, la tête sur son épaule et la langue pendante. La chienne a juste tourné les yeux quand nous sommes entrés. Dobby était toujours disposée à donner des monceaux de tendresse à ceux qui en manquaient.

— Goran doit partir.

— On sait, m'man, il vient de nous le dire.

— Je crois bien qu'il se sent un peu responsable.

— Il y a du bon sens là-dedans !

— Qu'est-ce que tu dis, ma chérie ?

— Rien, m'man, elle n'a rien dit de particulier.

— Ne vous occupez pas de moi, les enfants. Allez vous promener.

Elle s'est mise à pleurer.

— Tu ne peux pas rester ici, il fait trop chaud.

— Oh oui, tu as raison. Il fait chaud. Il fait très chaud. Tu as raison, oui… J'ai tellement froid en pensant à Alex. Dans quel état est-il maintenant ? Tu sais, les noyés, comme ils sont…

— Tais-toi, m'man, je t'en prie. Viens, sortons d'ici !

— Oui, sortons…

Dobby nous a suivis, Luna et moi, jusqu'à la porte, mais maman n'a pas bougé.

— Viens, m'man, s'il te plaît !

Je me suis avancé pour la prendre par la main, mais elle refusait de se lever.

— Qu'est-ce qui ne va pas ?

Elle ne m'a pas répondu. Il n'y avait rien à répondre. Il suffisait de la regarder. Elle n'était plus avec nous. Ses yeux avaient une fixité hypnotique et ça faisait peur à voir. Je me suis tourné vers Luna, désespéré. Elle m'a rejoint et a secoué maman par les épaules.

— Maman, il faut que tu te lèves. Goran a rapporté de la bière et du pain frais. Il faut qu'on mange quelque chose. Il faut vraiment qu'on fasse ça.

Elle s'est redressée douloureusement et nous a suivis jusque dans l'ombre dense et accueillante du bosquet de pins noirs. Des fragrances de résine chaude se mêlaient à l'odeur suave des buis. Les cigales ont cessé leurs stridulations un bref instant. Une fratrie de lézards verts se prélassait sur les pierres brûlantes du muret. Dans le ciel, une poignée de cumulus étiraient leurs masses blanches et cotonneuses au-dessus du causse surchauffé. À la base du plus touffu, une horde de vautours tournoyait inlassablement. Tout là-haut, juste sous l'ombrelle, l'air devait être léger et délicieusement frais.

J'ai préparé une salade tomates mozza comme le faisait papa : belle, appétissante et désolante à la fois. Je ne savais plus quoi penser. En sortant, j'ai aperçu Goran qui s'activait au griffon de la source que notre père avait nettoyé l'année précédente. Elle ne donnait qu'un maigre filet d'eau, mais dans l'aridité du plateau, c'était une richesse dont il fallait prendre le plus grand soin. Je l'ai regardé faire un moment. Il a deviné ma présence et a levé la tête vers moi. « Tu peux prendre le pain ? » J'avais cherché pendant tout ce temps quelque chose à lui dire et la seule idée qui m'est venue à l'esprit a été de lui montrer le plat que je tenais entre mes mains en guise d'invitation. Il a acquiescé en levant le pouce. J'étais infiniment soulagé qu'il ne soit pas en colère contre nous. Plus que de raison. Il est arrivé quelques minutes après moi avec le pain et un pack de bières, a roulé le pesant touret qui servait de table jusque sous les pins et est allé chercher des chaises en toile dans le cabanon. Il affichait une forme de décontraction presque déférente, une manière affable de faire les choses qui a attiré le regard de notre mère. Elle l'a observé aller et venir comme on suit le vol lent et erratique d'un papillon. Goran a posé une bière devant elle et maman l'a sirotée pendant la demi-heure qu'a duré le repas. Elle n'a pas touché à son assiette. J'ai empilé la vaisselle pour aller la laver au bassin et Goran a dit :

— Je vais t'installer le hamac, tu y seras bien. Avec cette chaleur, il n'y a pas autre chose à faire.

— Tu n'as pas dit que tu devais partir ?

— Je le dois, bien sûr, mais je serai de retour dans quelques jours. Je ne vais pas vous laisser tomber.

Ce furent les seules paroles prononcées de tout le repas. Goran avait lâché ces mots le regard tourné vers maman qui ne lui avait manifesté en retour aucun signe d'intérêt.

Goran est parti en milieu d'après-midi. Je suis convaincu que ce n'est pas ce qu'il avait prévu de faire. Il s'était certainement imaginé passer la nuit dans la bergerie et je ne m'expliquais pas bien pourquoi la remarque de Luna l'avait fait changer d'avis. En voiture j'aurais compris, mais à pied ? Pourquoi vouloir marcher sous un soleil cuisant ? Ce ne pouvait être que cela. Personne ne l'accusait de quoi que ce soit et il est probable que l'idée même qu'on puisse le faire ne lui était jusqu'alors jamais venue à l'esprit.

12

L'aube montait dans une ardente lumière blanche qui étirait la steppe crayeuse vers des horizons profonds et insoupçonnés. Luna était assise sur une chaise en toile qu'elle avait adossée au muret de pierre. Elle s'était emmitouflée dans une couverture aux couleurs vives. La nuit avait été froide. Dobby folâtrait autour des bâtisses et maman frottait les vitres extérieures du camion. Elle faisait briller les étoiles qui s'éteignaient doucement dans leurs reflets bleutés. Maman tentait de ramener à la vie des astres morts bien avant les lueurs de l'aube. J'aurais aimé pouvoir lui dire que papa était au fond d'une rivière et que le savoir là n'était pas plus terrible que de l'imaginer parmi les corps célestes, que la réalité offrait une prise douloureuse qu'il ne fallait pas lâcher. Une prise pour reprendre pied dans l'existence ou plonger dans les angoissants abîmes des esprits tourmentés. Maman lâchait prise.

Elle était sortie au milieu de la nuit et Luna m'avait flanqué des coups de coude. Nous avions écouté le bruissement des ténèbres, mais rien ne trahissait la présence de notre mère dans le périmètre du camion. Le temps de nous habiller, elle avait été absorbée par la pénombre. Dobby n'était plus là. Je l'avais sifflée et elle n'avait pas tardé à nous rejoindre. On pouvait toujours compter sur Dobby pour accompagner nos errances. Elle était immédiatement retournée vers maman et nous l'avions suivie. Le ciel sans lune était tavelé d'étoiles qui étiraient un voile lactescent sur la voûte céleste. Nous avions marché sans un mot derrière sa silhouette ténue avant de parvenir à sa hauteur. Elle n'avait prêté aucune attention à notre présence. Luna lui avait donné la main et maman l'avait gardée dans la sienne. Elle avançait les yeux plongés dans le noir. Je ne sais pas ce qu'elle voyait au fond des ténèbres. Les carlines égratignaient nos pieds et nos chevilles. Dans l'odeur des chardons écrasés, nous avions arpenté la nuit. Le petit vent frileux qui nous accompagnait nous avait poussés vers un abri en pierre, rond comme un igloo. Pas plus grand. Nous nous étions blottis contre ses murs encore tièdes. Maman s'était accroupie devant l'entrée. Elle avait fredonné une mélodie que je n'avais pas su reconnaître. Puis elle avait parlé. Des phrases sans fin, sans suite, désenchantées, que le vent embaumait avec les fragrances du causse avant de les disperser comme des cendres dans l'immensité steppique. Il n'y avait pas que notre père qui était resté dans le canyon. On avait laissé tant de choses là-bas. Chaque jour s'ouvrait, comme un calendrier de l'avent, sur un lot de conséquences qui devaient nous conduire je ne sais où. Elles s'agglutinaient comme des batraciens aux premiers jours du printemps. Leurs copulations n'engendraient rien de bon. Loin de se diluer, notre douleur s'engluait dans un baume acide.

Je sombrais dans le sommeil comme on s'abandonne.

Je ne pouvais plus surveiller maman. Luna s'était endormie. J'ai appelé Dobby et je lui ai glissé dans l'oreille «Ne la quitte pas d'un œil», elle en a profité pour me flanquer quelques coups de langue. Je l'ai regardée se pelotonner contre maman. Je ne sais pas ce que nous aurions fait sans elle et son éternelle joie de vivre. J'ai laissé le sommeil me terrasser. Il n'y avait rien d'autre à faire.

13

Douze jours que Goran était parti et les vivres manquaient à nouveau. Luna était déjà descendue au village faire des provisions et ça lui avait pris la journée. L'idée ne m'attirait pas plus que ça, mais je n'avais aucun moyen de me défiler. Elle m'avait indiqué un sentier qui était censé éviter les premiers kilomètres de la route, mais j'avais préféré le bitume poisseux à la sente rocailleuse, craignant de m'égarer. Je l'ai suivie pendant trois ou quatre kilomètres et j'ai fait une halte juste avant qu'elle ne plonge dans l'à-pic des gorges, à l'endroit même où devait déboucher le sentier que Luna m'avait incité à prendre et que je n'apercevais nulle part. Je ne me suis pas attardé. Il faisait déjà chaud, mais une brise légère rendait la chaleur supportable. Une heure plus tard, je transpirais sur le flanc enfiévré des gorges, noyé dans un nuage sonore de diptères que je tentais vainement de chasser en remuant les bras comme un moulin à vent. Je me suis arrêté sur une protubérance rocheuse ouverte à tous les courants d'air pour admirer la rivière miroitant au fond de son canyon. Il m'apparaissait aussi profond que celui de la Tara. Beau et déconcertant. Les élégants rochers surplombant la route avaient été souillés par une main aventureuse et rageuse qui y avait écrit, sans application et à la peinture rouge, « Non aux loups », avec juste en dessous l'esquisse enfantine de l'animal supplicié se balançant sous une potence. De l'art rupestre aux graffitis militants, il y a une franche décadence, une négation du support, un irrespect de la matière, un mépris des paysages. C'est ce que je me suis dit en apprenant dans le même temps que ces territoires abritaient potentiellement des loups. Nos virées nocturnes m'ont flanqué, *a posteriori*, des frissons dans le dos.

Je suis arrivé au village en pleine manifestation contre ce prédateur. Des brebis égorgées jonchaient le pont qui traversait la rivière. Il y avait des banderoles accrochées un peu partout et les éleveurs donnaient de la voix dans le brouhaha des bêlements de leurs troupeaux et des sonnailles. J'ai fui l'agitation et trouvé refuge dans les rayons climatisés d'une supérette. Ma liste en main, j'ai rempli mes sacs avec le souci de ne rien oublier.

Avant de remonter, je me suis installé sur une plage de galets. À l'ombre sous les frondaisons de la rive, j'ai ouvert une boîte de sardines que j'ai saucées avec un morceau de pain encore chaud. J'ai quitté mes chaussures et je suis allé marcher dans l'eau fraîche. J'aurais aimé me baigner et me prélasser sur les sables odorants de la rivière, mais le plus difficile restait à faire. Je me suis de nouveau frayé un chemin sur le pont avant de m'engager dans la pénible remontée vers le causse.

Les poignées des sacs me sciaient les doigts et les lanières de celui que j'avais sur le dos, les épaules. Je me demandais bien comment j'allais pouvoir rentrer avant la nuit quand une jeep, ouverte à tous les vents, s'est arrêtée à ma hauteur.

— Tu vas loin comme ça ?

Le gars au volant portait une barbe biblique et une chemise à carreaux ventilée comme sa jeep. Une épaisse toison blanche lui couvrait le torse. Sur sa tête reposait une casquette plate à la visière noircie par les doigts et l'usage. Ses yeux étaient rieurs. Assis à côté de lui, un chien aux oreilles pointues et aux poils hirsutes de couleur claire m'observait avec la langue pendante.

— Je remonte sur le plateau.

— Pose tes sacs derrière et installe-toi.

— Merci m'sieur.

Il a poussé le chien sur les sièges arrière et j'ai pris sa place.

— Qu'est-ce que tu as là-dedans ?

— J'ai fait les courses pour la semaine.

— T'es en vacances dans le coin ?

— J'habite une ferme, par là-haut.

— Où ça, « par là-haut » ?

— Ça n'a pas de nom, je crois. Mon père disait que c'était le bout du monde.

— Même au bout du monde, les fermes ont un nom.

Je n'avais pas envie de dire d'où je venais, pas plus que de poursuivre la conversation. Je voyais arriver le moment où il me faudrait aborder l'absence de papa et le lâcher-prise de maman.

— Il y a vraiment des loups par ici ?

— Ouais, et ça fait un foin du tonnerre.

— À cause des moutons ?

— À cause des brebis qui se font dévorer. Les éleveurs n'aiment pas trop ça.

— J'ai vu des bêtes égorgées au village tout à l'heure. C'était pas beau à voir.

— Autrefois il y avait des bergers, maintenant on flanque trois mille brebis dans la nature sous la surveillance de chiens. Regarde les nouvelles bergeries, elles sont grandes comme des cathédrales de tôles. De temps en temps le propriétaire passe voir si tout va bien, sans descendre de son quad ou de son 4 × 4. Alors tu parles si le loup il rigole. Les chevaux sauvages, je n'avais rien contre. Les vautours non plus, pas au début, mais ils se sont reproduits comme des lapins. Aujourd'hui ils sont trop nombreux et ils attaquent même les vaches, à ce qui se dit ! Pour ce qui est du loup, il a de tout temps été l'ennemi des éleveurs, c'est comme ça et pas autrement !

— Il y a des chevaux sauvages par ici ?

— T'es pas là depuis bien longtemps pour ignorer ça. Przewalski, c'est son nom. Une espèce primitive qui se faisait déjà tirer le portrait par les hommes des cavernes. Pas très commode la bestiole, vaut mieux pas chercher à les approcher.

— Et vous, vous faites quoi ?

— Je suis berger, un des derniers.

Je lui ai fait signe de s'arrêter à l'embranchement du chemin qui file vers la ferme. Le vieux a tenu à me ramener chez moi à cause des sacs. Par curiosité aussi probablement. En entrant dans la cour, Dobby est sortie du camion en aboyant et le chien du berger a sauté de la voiture en montrant les dents. Je craignais une bagarre en règle, mais, après une période d'observation, les chiens ont levé la patte sur une roue de la jeep, semblant conclure ainsi un pacte.

— Vous faites vraiment partie d'un cirque ?

— Non, le camion, on l'a acheté comme ça.

— Si vous devez rester ici, je te conseille d'attacher ton chien. On a assez à faire comme ça !

— Dobby ne court pas et elle ne s'intéresse pas aux brebis. Merci m'sieur.

— Pensez à réparer votre camion. Dans le coin, on n'aime pas trop les types qui foutent le cirque. J'en connais pas qu'ont tenu bien longtemps. Pas que je sache.

Il a tourné dans la cour et a disparu en soulevant un nuage de poussière.

Luna nous avait observés depuis la porte du camion. Elle est venue m'aider à porter les provisions.

— C'était qui ce type ?

— Un berger du coin.

— T'as eu une sacrée veine qu'il te ramène jusqu'ici.

— Ouais, si on veut… Comment va maman ?

— Si seulement elle voulait avaler quelque chose ! J'aimerais que papa nous fasse un signe. Un truc qui nous aiderait à savoir quoi faire.

— Il dirait que tu devrais essayer de sourire.

— Je vois vraiment pas pourquoi je ferais ça !

— Parce que la vie s'enguirlande comme un sapin de Noël quand tu souris. Qu'il te faut faire ça pour chasser les ennuis. C'est ce qu'il disait. On en aurait sacrément besoin en ce moment.

— Papa disait ça à tout le monde : « Il faut sourire à la vie pour qu'elle vous sourie. » Pour les résultats qu'il en tirait… Maintenant maman est aveugle et sourde.

— Qu'est-ce que tu veux dire ?

— Elle ne nous voit plus, ne nous écoute plus. Il faut

qu'on fasse quelque chose, Tom. Quelque chose qui sorte maman de là où elle est.

— On ferait peut-être bien de se tirer de cette cambrousse pour commencer ! On n'aurait jamais dû y venir. Tout est compliqué ici.

— Tu aurais voulu qu'on aille où ?

— J'en sais rien. Dans l'appartement de ses parents, à Lyon, peut-être.

— Tu nous connais des amis là-bas ? Non, aucun. Et puis l'appartement nous fait vivre. Papa disait que c'était une rente qu'il fallait préserver. Maman n'est pas capable de travailler. Pas maintenant. Alors trouve autre chose.

— Et toi ? Tu proposes quoi ?

— On aurait une voiture, maman pourrait aller au village, peut-être bien qu'elle aurait envie de pousser jusqu'à la ville. Elle aime bouger. Elle a toujours fait ça. Mais je ne crois pas qu'on en ait les moyens.

— En vendant le camion peut-être ?

Luna m'a regardé avec sidération.

— Et on habiterait où ?

J'ai immédiatement regretté mes paroles. Notre camion rouge était le marqueur indélébile d'une existence passée à laquelle nous nous raccrochions encore pour ne pas tourner le dos à la vie.

14

Au milieu de la nuit, Dobby a grondé et quelques instants plus tard une voiture est entrée dans la cour de la ferme. L'ombre et la lumière des phares jouaient à travers les vitres du camion. Dobby s'est mise à aboyer. Mon cœur s'est accéléré. Maman a crié :

— Qu'est-ce qui se passe ?

— J'en sais rien, m'man.

Dobby était furieuse. Par la fenêtre, je devinais un pick-up avec une longue remorque. Luna s'était déjà habillée. Elle a ouvert la porte et Dobby s'est précipitée dehors. Luna l'a suivie. J'ai sauté dans mon short et je suis sorti à mon tour. La voiture avait coupé son moteur. Dobby s'était tue. Le silence était froid et pesant. Je me suis approché du pick-up en cherchant Luna des yeux. Elle faisait face à une ombre imposante qui caressait la chienne. Ça m'a immédiatement rassuré.

— Salut Tom. Désolé de vous avoir réveillés.

Goran était de retour et il avait amené sa caravane avec lui.

— Vous m'avez l'air en forme. Comment va Mily ?

— Pas très fort… Tu comptes rester longtemps ?

— Je suis crevé. On reparle de tout ça demain, retournez vous coucher.

En rentrant on a dit à maman que Goran était revenu. Elle n'a rien répondu et s'est tournée sur le côté. Le temps de monter dans notre couchette, sa respiration était devenue plus régulière. Quelques instants plus tard, elle dormait.

Goran a frappé à la porte, puis il l'a ouverte pour faire sortir Dobby. Il a lancé : « Le petit déjeuner est prêt ! » et il est reparti. J'ai regardé l'heure, il était près de neuf heures. Maman était encore au lit. Je ne savais pas s'il fallait s'en inquiéter ou s'en réjouir. Habituellement, elle attendait l'aube comme une libération.

Goran avait servi le petit déjeuner sur une nappe neuve en toile cirée. Il y avait du pain frais, du beurre, de la confiture et du miel. Maman est venue nous rejoindre. Elle avait enroulé ses cheveux sur l'arrière de sa tête. Elle nous a regardés manger, puis elle a pris le morceau de pain que lui tendait Luna. Je n'osais pas ouvrir la bouche, craignant de rompre le charme. Goran nous a expliqué avoir obtenu une nouvelle carte de séjour, qu'il a posée sur la table, valable jusqu'à l'été prochain. Il nous a dit que c'était la dernière, parce qu'au-delà de quatre ans il ne pourrait plus la renouveler. Je me souviens d'avoir observé sa photo et son nom : Goran Coban. Je découvrais son nom de famille, tout comme Luna et maman j'imagine, et je me demandais comment on avait bien pu l'ignorer jusqu'à ce jour. Goran Coban était de retour avec sa stature rassurante, son allure avenante, naturellement enjouée, et il avait apporté ce matin-là bien plus qu'un appétissant petit déjeuner sur lequel Luna n'avait rien trouvé à redire.

Le lendemain était un dimanche. Au lever, j'ai vu Goran le nez plongé sous le capot de son pick-up. C'était un vieux Nissan blanc aux ailes arrière cabossées. Perché sur de gros pneus tout-terrain, il affichait un air à la fois dégingandé et puissant. Goran et lui allaient bien ensemble. À l'intérieur, une massive croix dorée aux extrémités en feuilles de trèfle se balançait sous le rétroviseur.

— Il est pas tout neuf, mais le moteur tourne comme une horloge et ne bouffe pas une goutte d'huile. Vous avez prévu quelque chose aujourd'hui ?

Je l'ai fixé avec incrédulité. Je me demandais s'il s'agissait d'une boutade ou s'il se moquait vraiment de moi, mais Goran avait l'air très sérieux.

— Non, rien.

— Qu'est-ce que tu dirais d'aller faire un tour cet après-midi ? Regarde, j'ai trouvé ça au village hier.

Il m'a tendu un flyer qui annonçait une série de concerts en plein air sous un titre un rien provocateur : Le loup dans la bergerie.

— J'en sais rien. Faut demander à maman. Pas sûr qu'elle ait envie de faire quoi que ce soit.

— Parles-en à Luna d'abord, elle a de l'influence sur ta mère. Et puis, quitte à ne rien faire, autant le faire là-bas.

— Je crois que tu as raison, c'est ce que je vais lui dire.

Je suis retourné au camion. Maman était au lit avec Luna et elles discutaient de je ne sais quoi.

— Oh, Tom, viens près de moi. Je disais à Luna

qu'avec Alex nous charpentions un monde meilleur pour vous. Nous voulions tellement vous faire monter dans la sève des arbres, et maintenant c'est l'hiver. Les feuilles tombent, Tom. Toutes. T'as vu comme elles tombent ?

— Pas encore, m'man. Même au cœur de l'hiver, tous les arbres ne perdent pas leurs feuilles.

— C'est vrai, Tom. Je ne sais pas comment ils font pour tenir le coup.

— Ils communiquent entre eux. Par les racines. Ils s'entraident pour chasser les insectes qui les rongent, éviter les dangers, résister aux coups de vent, prévenir les maladies. C'est ce que disait papa.

— Alex savait un tas de choses. Demande-lui s'il veut bien m'emmener voir un arbre. Un arbre solitaire. Il me dira comment il fait, comment il résiste au vent, à la sécheresse, comment il évite la foudre.

— À Goran, m'man, il sera partant, j'en suis sûr. On va chercher un bel arbre, on va faire ça aujourd'hui.

Luna n'a pas ouvert la bouche. Elle me dévisageait avec un regard embué et pétillant à la fois.

Maman s'est assise à l'avant, à côté de Goran. Dobby s'est installée dans la benne. La tête sur le côté du pick-up, elle s'enivrait avec l'air vif et sucré, les babines secouées par le vent et les oreilles rabattues. Nous avons sillonné le causse sur des routes étroites et étrangement sinueuses. Des troupeaux de brebis s'égaillaient sur de douces ondulations et animaient le paysage aride et monotone. Dans des talwegs apparaissaient parfois d'étonnants lopins blonds quadrillés de lignes ésotériques. Le soleil jouait avec les chaumes qui transpiraient un parfum de moisson. Il s'engouffrait par les vitres ouvertes et venait chasser celui de la terre chaude. Quelques maisons de pierres grises, coalisées contre le désert et la solitude, apportaient un peu d'humanité. Elles et les maigres poteaux électriques en bois qui balisaient le territoire.

La radio a murmuré une mélodie entraînante. Une mélodie de Bashung qui jouait sur la corde sensible. Une vague d'émotion a alors déferlé en moi et les larmes n'étaient pas loin de s'inviter. Luna s'est étirée entre les sièges pour atteindre l'autoradio et a coupé le son avec autorité, mais c'était trop tard. Maman a eu envie de marcher. Luna et moi savions ce que cela signifiait. Goran s'est serré sur le bas-côté. Le pick-up n'était pas encore arrêté qu'elle ouvrait la portière. Elle a fait une cinquantaine de pas pour s'éloigner et a voilé son visage avec ses mains. J'aurais aimé pouvoir la prendre dans mes bras, mais elle m'a repoussé, sans véhémence. Dobby a sauté de la benne et est venue s'ébattre autour de nous. Goran est resté près de la voiture. Luna et moi n'avons rien dit. Maman s'est remise en marche. Nous l'avons suivie, comme nous l'avions accompagnée dans la nuit sans lune. De lourds nuages ont voilé le ciel. Où étaient passés les jours baignés d'un bonheur chaud et insouciant ? Les longues heures dans le camion filant vers le sud, après les saisons d'hiver, à écouter Bashung chanter « Marcher sur l'eau, éviter les péages, jamais souffrir, juste faire hennir les chevaux du plaisir », refrain que nos parents fredonnaient en chœur pendant que Luna et moi mangions des cerises par poignées et crachions les noyaux par la fenêtre grande ouverte. Le temps glissait alors comme une averse d'été sur le feuillage des arbres.

Nous avons marché jusqu'à ce que les lourds nuages

noirs enroulent leurs masses inquiétantes au-dessus de la steppe. Un arc-en-ciel s'est dessiné dans la lumière d'orage et une horde de chevaux est passée au trot à une centaine de mètres de nous. Maman s'est arrêtée et nous les avons suivis des yeux. Je tenais Dobby entre mes jambes, mais elle n'a pas cherché à s'élancer derrière eux. Les plus jeunes imitaient leurs aînés, la tête haute, la crinière redressée, fiers comme des étalons. C'était beau et sauvage. Des gouttes de pluie pesantes comme des fientes de goélands se sont abattues sur le sol. Elles s'enfonçaient dans la poussière en creusant de petits cratères qui projetaient des éclats limoneux. Sur mon crâne, elles s'écrasaient dans un « ploc » sonore qui irradiait dans le reste de mon corps. Le paysage tout entier muait vers une hostilité sombre et déconcertante dans une violente odeur de terre chaude réveillée par l'averse. L'obscurité s'était zébrée de silencieux flashs lumineux qui déchiraient la pénombre. Loin sur le causse, je voyais un rideau de pluie onduler et balayer les prairies assoiffées. Il se dirigeait vers nous avec la détermination d'une armée au galop. De fortes bourrasques nous ont secoués. Elles étaient fraîches et humides. La chaleur moite et écrasante de l'après-midi avait subitement laissé la place à un air glacial en contraste avec les heures qui avaient précédé. Maman filait à grandes enjambées somnambuliques. Elle semblait ne pas entendre l'orage gronder. Son teint cireux ne disait rien qui vaille et ses yeux fixaient quelque chose que nous ne pouvions voir. Avant que la silhouette trapue d'une ferme tapie au ras du vent ne se dessine, un déluge s'est abattu sur nous.

Je ne sais comment il avait fait, mais Goran nous y attendait. Nous n'aurions pas fait un pas de plus.

15

Sur le chemin du retour, maman a perdu connaissance. Elle s'est affalée contre Goran pendant qu'il conduisait. Il s'est arrêté et a basculé son siège en arrière. Ses cheveux frisés collaient sur son visage. Dobby s'est mise à gémir. Luna et moi étions complètement désemparés. Goran ne laissait transparaître aucune inquiétude. Il a pris son pouls, vérifié sa respiration, puis il l'a positionnée sur le côté. Il nous a dit de ne pas nous faire de mauvais sang, que maman était faible et que ce n'était qu'un léger malaise, qu'elle n'allait pas tarder à reprendre conscience. Après ce qui nous a semblé être une éternité, maman est revenue à elle. Goran est rentré en conduisant très lentement parce qu'elle était prise de nausées, de celles qui vous essorent l'estomac dans un bain de sécrétions acides.

De retour au camion, nous l'avons aidée à se coucher. Son regard croisait des objets du quotidien et cela lui faisait visiblement du bien. Avec son teint livide et ses yeux retirés au fond de leurs cavités, elle semblait tout droit sortie d'un tableau d'Edvard Munch. Maman a serré le T-shirt de papa contre son visage, puis elle s'est tournée vers la cloison. Nous l'avons laissée se reposer.

— Tu sais à quoi je pense, Luna ? Je crois que nous attirons les mauvaises ondes aussi sûrement qu'un paratonnerre la foudre. Depuis que nous sommes descendus dans ce maudit canyon, les malheurs s'enchaînent. Papa était notre électrode positive et notre camion rouge grappillait en chemin la joie et la douceur de vivre.

— Ça va demander du temps, Tom. Mais, au final, tout s'arrangera.

— Rien ne s'arrangera. Papa ne sera plus jamais là et maman nous échappera un jour. Elle s'épuisera à poursuivre ses hallucinations et les vautours la retrouveront avant tout le monde. Je ne veux jamais avoir à vivre ce cauchemar.

— Maman n'est pas folle. Tu ne peux pas sortir des trucs comme ça ! Elle marche pour diluer ses pensées sombres ou peut-être pour quelque chose qu'elle ne s'explique pas elle-même. Mais elle ne marche pas parce que son esprit déraille, enfin pas comme tu l'entends.

— J'espère que tu as raison, Luna, parce que ce n'est pas l'effet que ça me donne.

— Qu'est-ce que tu proposes ?

— De descendre au village voir un médecin. J'aimerais pouvoir persuader maman de faire ça.

— Elle n'acceptera jamais. Tu le sais très bien.

— Merde, Luna, on ne peut pas prendre le risque de perdre du temps. Maman est à bout.

— Elle soigne ses fièvres et ses maux de tête avec de l'écorce de saule, alors ne t'imagine pas lui faire avaler des somnifères ou je ne sais quoi d'autre. Souviens-toi qu'elle nous a mis au monde dans un bassin à carpes. Papa disait qu'elles avaient fait notre toilette et qu'il n'aurait pas fait mieux.

— J'ai toujours pensé que c'était dégueulasse.

— Ce n'est pas toi qui es concerné, mais maman. Alors trouve une autre idée et arrête de vouloir raisonner pour elle.

— Viens avec moi.

— Tu vas où ?

— Voir Goran.

— Il pratique la médecine chinoise ?

— Non, mais il m'a montré un truc ce matin. Il était question de concert, de marché bio et de médecine alternative si je me souviens bien.

Goran était dans sa caravane. Il essayait de programmer sa télévision.

— Il n'y a probablement pas plus de chaînes dans le coin que d'habitants. Comment va Mily ?

— Elle se repose. Tu pourrais retrouver le prospectus que tu m'as montré ce matin ?

— À côté de la porte, avec les clés de voiture. Qu'est-ce que vous comptez faire ? Aller au concert ? Entre nous, ça vous ferait le plus grand bien.

— Je ne m'étais pas trompé. Il y a là-bas un salon de médecine alternative. C'est ce qu'il faudrait pour aider maman.

— Ce ne sont que des bonimenteurs, des charlatans. Rien d'autre que des détrousseurs d'esprits fragiles.

— Ce n'est pas l'avis de maman. Est-ce que tu peux nous y conduire ?

— Si c'est ce que voulez ! Je vous y emmènerai demain matin.

En milieu de matinée, Goran et moi avons pris la route. Nous avons roulé sans échanger un mot. Le causse étirait sa monotonie dans la chaleur déjà vive. Bien avant midi, nous sommes entrés dans une forêt de pins noirs. Le soleil enfilait ses rayons jaunes baignés d'une lumière opalescente dans l'écheveau des troncs élancés.

— On se croirait arrivant chez Elzéard.

— Tu connais du monde par ici ?

— Elzéard Bouffier, le berger de Giono qui plantait des arbres dans un coin désertique des Alpilles. Maman nous racontait cette histoire avant de nous endormir et je ne compte plus les nuits où j'ai semé des glands. Plus tard, une forêt avait rendu le désert moins aride, comme ici.

Goran m'a examiné avec un air perplexe, mais il n'a fait aucun commentaire. Le chemin nous a conduits à une bâtisse en pierre. Dans la cour, un bel orme étirait sa ramure jusqu'aux fenêtres. Plus loin, une scène était engourdie par la rosée matinale. À l'extérieur il y avait des tentes, des yourtes, des tipis, des camions qui exhibaient sur leurs flancs des graffitis comme autant de signes d'appartenance à une tribu et tout un capharnaüm qui s'éveillait à peine. Nous sommes passés devant des étalages de vêtements d'inspiration indo-népalaise avant de croiser un groupe de personnes qui s'activaient dans ce qui semblait être un restaurant en plein air. Ça sentait plutôt bon. Un gars a interpellé Goran :

— Je n'aurais jamais pensé te trouver ici. Tu te souviens de moi ?

— Un sacré militant. Merci encore de m'avoir remonté !

— Partager, échanger, être solidaire, c'est la base pour réduire notre empreinte écologique. Le bio, la décroissance, ça ne semblait pas être ton truc. Je suis heureux d'avoir éveillé ta conscience !

Goran a esquissé un sourire.

— T'emballe pas trop. Tu sais où se trouve le coin des médecines douces ?

— Juste en face. C'est fléché.

Une dizaine de personnes discutaient autour d'une femme aux cheveux blancs, vêtue d'une longue jupe colorée et d'une chemise en lin. Elle était un peu ronde et l'on devinait ses seins lourds sous son vêtement. En nous apercevant, elle est sortie du groupe et s'est avancée pour nous accueillir. Je lui ai parlé de maman, de ses errances, de notre père. Elle n'a montré aucun étonnement à mon déballage soudain. Elle a juste dit : « C'est épuisant d'arpenter son âme, de marcher d'un bout à l'autre de soi-même pendant des jours et des nuits. Il arrive qu'on en perde la raison… Je fais une séance d'initiation à la méditation. Vous pouvez vous joindre à nous, sinon repassez me voir dans une heure. »

Goran a préféré se risquer à aller boire une bière que des gars fabriquaient sur place. Une heure plus tard Lisbeth nous accompagnait au chevet de maman.

16

Lisbeth sentait le savon et son sac en toile exhalait les effluves d'un mélange entêtant d'huiles essentielles. Elle avait un visage doux, animé par un regard vif, un rien charmeur, et s'était montrée assez bavarde. Ses cheveux blancs lui conféraient la sagesse que l'on prête aux gens qui ont un tas d'années derrière eux et un maigre calendrier devant. Lisbeth avait demandé à Goran d'où lui venait son accent rocailleux et Goran avait répondu que ses racines étaient au Monténégro.

— Je me souviens d'avoir déambulé dans les ruelles de Kotor. Cette ville était un ravissement. Je ne crois pas avoir vu quelque chose d'aussi remarquable que sa baie qui étire ses eaux d'un bleu cru jusqu'au pied des montagnes. C'était dans les années quatre-vingt. La guerre est passée par là depuis. Je me demande comment est la ville maintenant.

— Toujours aussi belle d'après ce que j'ai entendu. Le conflit a fait fuir les touristes, mais ils reviendront et la vie avec. Moi je viens des montagnes, tout au nord.

Goran était visiblement ravi d'échanger quelques impressions sur son pays.

— J'en suis heureuse. Tu as fait cette guerre ?

La question de Lisbeth a douché l'enthousiasme naissant de Goran, ce ne pouvait être le tutoiement qu'elle avait imposé d'emblée.

— Pourquoi vouloir savoir ça ?

— Je me demandais si tu n'étais pas trop jeune. Mais oui, tu as combattu dans les rangs serbes.

— Qu'est-ce qui vous fait dire ça ?

— Il y a cette croix orthodoxe (Lisbeth montrait celle qui pendait sous le rétroviseur) et ton physique fait de toi une recrue de choix.

— J'ai dû faire avec, comme tout le monde.

— Quand même, les guerres sont tellement horribles. Elles se nourrissent des pulsations haineuses des hommes, assouvissent leur besoin de tuer, d'exterminer sous couvert de leur blanc-seing. Puis vient le jour où il faut rendre des comptes pour les uns, apaiser et reconstruire pour les autres. Ça prend du temps. Les guerres tuent longtemps encore après le dernier coup porté. C'est toujours le même scénario. Tout ça me désole.

Goran n'a rien répondu. Il n'y avait rien à répondre. Il s'est renfermé pour le reste du trajet. C'était bien la première fois que j'entendais Goran évoquer ce conflit et manifestement ce n'était pas son sujet de conversation favori, on pouvait le comprendre. Quant à cette guerre dont avait parlé Lisbeth, j'en découvrais l'existence.

En arrivant, Lisbeth ne s'est pas précipitée au chevet de maman comme je l'aurais souhaité. Elle a visité les lieux, puis elle a discuté un moment avec Luna en faisant le tour des bâtiments avant de dire : « Il est temps maintenant de me présenter Émilie. »

Maman était couchée sur le flanc. Elle avait les yeux ouverts et fixait quelque chose qu'on ne pouvait voir.

Elle a à peine réagi à la présence de Lisbeth. Nous sommes restés un moment, le temps pour elle de préparer un diffuseur avec de l'huile essentielle d'ylang-ylang et d'installer une affiche. Elle l'a accrochée par les coins du haut sur le lambris, puis elle a fouillé dans son sac. Le rouleau de papier épais, partiellement déroulé, dévoilait un visage émacié portant une courte barbe et de longs cheveux noirs. Il y avait du messie là-dedans. J'ai interrogé Luna du regard et elle m'a répondu avec une moue grave et dépitée. Lisbeth s'est redressée en tenant une pince crocodile lestée d'une plume finement ciselée dans un métal brillant. Du plat de la main elle a lissé l'affiche avant de faire mordre la pince à sa base. Un gars posait avec une guitare et ça a été un soulagement. Il y avait en lui la gravité rieuse d'un pope psalmodiant sur les marches d'un monastère des météores, l'élégance belliqueuse d'un danseur de flamenco, mais heureusement rien d'un messie.

— C'est Estas. Je l'ai rencontré en Hongrie. Je te mets sa photo pour que tu le regardes. Dans quelques minutes, tu vas voir ses doigts courir sur les cordes. Sa musique caresse les émotions. Elle les éclaire, les tamise et te les rend moins encombrantes, moins pesantes. Sa musique est un filtre. Je vais te faire écouter ça, tu me diras ce que tu en penses. Je m'appelle Lisbeth. J'utilise la médecine ayurvédique pour soulager les personnes que je croise comme celles qui viennent à moi. Je crois que tu sais de quoi je parle. Tes enfants m'ont dit l'accident dans le canyon. On va faire connaissance, puis on fera un peu de méditation. Après ça, si tu ne veux plus me revoir, ça ne sera pas un problème. Ce qui compte, c'est de faire ce que l'on aime faire, avec les gens avec qui on aime être, surtout quand ça ne va pas fort. Le reste ne sert qu'à empeser le quotidien et à masquer la lumière.

Lisbeth a trituré son appareil et une guitare a égrené des notes douces, sèches, parfois cinglantes, des mouvements répétitifs qui sonnaient merveilleusement dans l'habitacle du camion. Lisbeth a massé maman comme elle était, sur le flanc. Des massages étranges. Elle pressait des zones sur ses épaules, son cou, sa tête, sa poitrine. Il y avait quelque chose de primitif dans ses gestes, quelque chose qui tenait de l'épouillage des primates, une forme de communication tactile. De temps à autre, elle lui murmurait de longues phrases à l'oreille. Maman ne faisait rien pour lutter contre, mais rien non plus qui puisse exprimer une quelconque satisfaction. Luna et moi sommes sortis. Nous nous en remettions à Lisbeth.

Dehors, nous avons aperçu Goran qui montait un échafaudage avec des pans d'échelles et des plateaux de bois. Il avait entrepris de poursuivre le travail de restauration des murs de la maison initié par notre père et c'était étrange de le voir faire les mêmes gestes avec les mêmes outils. Luna le lui a dit sans aucune précaution oratoire, mais il ne s'est cette fois pas offusqué de ses propos acides. Il lui a répondu qu'il fallait reconstruire, que tout pouvait être reconstruit et qu'il ne demandait rien en échange. Ça n'a pas suffi à désarçonner Luna qui a filé avec Dobby. Goran m'a sollicité afin de lui passer des pierres qu'il stockait au fur et à mesure sur les planches de son édifice à l'équilibre précaire. Il les voulait plates, pas trop grosses ni trop petites. Cette tâche pénible nous a pris deux bonnes heures et je n'ai pas ménagé mes efforts. Une façon de lutter contre l'interminable attente.

En fin d'après-midi Lisbeth est sortie du camion, seule, et ça a été une vraie déception. Luna et moi avions espéré autre chose, une sorte de fulgurance impulsée par ses soins qui aurait redonné goût à la vie à notre mère. Elle est venue s'asseoir avec nous sous les pins noirs. Goran lui a proposé une bière et à ma surprise elle l'a acceptée. Elle avait les traits tirés.

— Comment va-t-elle ?

Goran avait été le premier à poser la question qui nous taraudait, mais Lisbeth se contentait de siroter sa bière en nous regardant à tour de rôle. Elle s'est étirée en cambrant le dos et en faisant rouler ses épaules, a vidé sa canette et l'a posée sur le touret.

— Mily dort. Il faut la laisser seule. J'ai créé un contact sensoriel avec elle. Un contact apaisant, fondé sur la confiance. Cela stimule la production de substances semblables à l'opium qui annihilent les effets des hormones du stress. Elle devrait reprendre pied dans quelques jours.

Goran s'est ouvert une autre bière. Les avant-bras posés sur ses cuisses, il a trituré la canette comme si c'était la première qu'il lui était donné de voir. Il la faisait tourner dans ses mains, l'observait sous tous les angles.

— Merde, je ne sais pas vous, mais moi ce genre de discours me file la gerbe.

Lisbeth s'est raidie sur sa chaise. Elle a levé les yeux sur nous en affichant un sourire qu'elle aurait probablement voulu plus détaché. Quand même, elle a bien encaissé le coup. Je n'avais pas aimé le ton employé par Goran, mais je n'étais pas loin de me ranger à son avis.

— Ferme-la, Goran. Tu nous as déjà dit ce que tu en pensais.

— Ce n'est pas grave, Luna. Je repasserai demain matin, je l'ai promis à Mily. Maintenant que le festival est terminé, j'ai tout mon temps.

Luna a emporté les canettes vides et nous l'avons regardée s'éloigner. Après qu'elle a contourné le camion, on a suivi ses pas qui crissaient sur le sol sableux, puis on a entendu le tintement des bouteilles déposées dans la caisse en bois destinée à cet effet. Ensuite elle est entrée dans le camion. Lisbeth, Goran et moi sommes restés un long moment à observer le vol lourd d'un lucane cerf-volant qui venait de quitter le sol. Le bourdonnement de l'étrange coléoptère avait fait retomber la tension sans que je puisse expliquer pourquoi. Puis Lisbeth s'est levée et s'est avancée vers le pick-up. Goran a lancé un « Je vous ramène », bien inutile, avant de se précipiter à sa suite. Il avait cependant un ton empressé et plus amène que ce que ses dernières paroles laissaient augurer.

J'ai regardé la voiture filer sur le chemin. Août tirait à sa fin et je me demandais comment on en était arrivés là et ce qu'il fallait attendre des jours à venir.

17

Le lendemain matin, un peu avant midi, Lisbeth est entrée dans la cour au volant d'une vieille Mercedes break noire, traînant une caravane qui avait dû être fabriquée la même année. Une caravane blanc et rose pâle, avec sur le flanc droit un arbre qui prenait racine au niveau de l'essieu et étendait sa ramure jusque sur le toit. Une peinture naïve et colorée qui invitait à la légèreté. Elle nous a adressé un signe de la main et a filé directement dans le camion, les bras chargés de paquets. Luna et moi n'avons pas cherché à la suivre. Maman s'était levée vers trois heures. Elle était sortie brièvement avant de se recoucher, et depuis elle n'avait pas quitté son lit. Une demi-heure plus tard, Lisbeth nous appelait pour déjeuner. Elle avait préparé une salade qu'elle avait saupoudrée de levure de bière. Luna et moi étions assez désemparés. Ce n'était pas ce à quoi nous nous attendions. Nous avons mangé dans le camion, près de maman qui ne voulait toujours pas venir à table. Goran était descendu au village chercher je ne sais quoi et c'était mieux comme ça. Nous avons parlé de choses et d'autres, de rencontres, de voyages, de livres qui avaient inspiré Lisbeth. De notre père aussi. C'était bon et difficile à la fois. Elle s'adressait à notre mère également, des paroles qui n'attendaient pas de réponse. Elle nous a demandé quelles classes nous allions intégrer, quelles étaient nos matières préférées, le genre de questions que l'on pose aux élèves à l'approche de la rentrée scolaire. Dans les tourments de l'été, personne n'avait pensé à nous inscrire où que ce soit. Lisbeth a promis de s'en occuper le lendemain. Je me souviens que ça a été un coup pour nous, pour Luna surtout, qui était une élève bien plus assidue que moi.

Après le repas, Luna m'a dit : « Viens, on va faire un tour. » J'ai sifflé Dobby et Luna a pris la direction des gorges.

— On va où ?

— J'ai envie de voir la rivière. Pas toi ?

— Je ne sais pas trop…

— C'est bientôt la fin des vacances.

— Pourquoi tu veux la voir ? C'est loin.

— Comme ça…

— Ça veut rien dire.

— J'aimerais comprendre.

— Comprendre quoi ?

— Pour papa.

— Il s'est fait piéger par un rapide. Goran nous l'a expliqué.

— Nous aussi on est passés à l'eau, Tom, et pourtant on est encore là ! Je n'arrête pas d'y penser. Il était bon nageur et avait un gilet, comme nous.

— Je ne vois pas à quoi ça va nous avancer de descendre au fond des gorges.

— Moi non plus, pas clairement, mais j'aimerais

faire ça. On a un peu de temps et Lisbeth est avec maman. Tu peux rester là si tu veux.

— Je viens avec toi.

— Je connais un raccourci, tu vas voir.

Luna m'a entraîné au pas de course jusqu'à un torrent à sec. Les genévriers et les buis nous griffaient les cuisses au passage. Elle s'est engagée dans la descente. C'était sacrément raide. Entre les gros blocs, il fallait parfois faire de courtes désescalades. Nous perdions alors Dobby de vue, mais elle parvenait toujours à nous rejoindre. La chaleur était intense. Quand la rivière est apparue, elle m'a semblé encore très loin, maigre sillon bleu au fond du canyon. Quelques embarcations flottaient paisiblement à sa surface. Nous avons pris pied sur une terrasse qui la dominait d'une hauteur vertigineuse. J'étais terrifié à l'idée de devoir poursuivre la descente et tout autant à celle de devoir remonter.

— C'est malin, on est coincés ici maintenant !

— Ne t'en fais pas, on n'en a plus pour très longtemps.

C'était exactement l'idée que j'avais en tête. Luna s'est engagée sur une vire. Elle me tendait la main quand elle devenait trop étroite. La sente en balcons donnait accès à une forêt de pins dans laquelle serpentait un bon chemin. Ce fut un soulagement pour moi que de le croiser. Nous l'avons suivi au pas de course jusqu'à la rive. Sur la plage de galets brûlants, Luna s'est déshabillée en trois mouvements et a couru à l'eau en abandonnant ses vêtements là où ils étaient tombés, comptant sur Dobby pour veiller sur eux. Elle a nagé vers le pied des hautes falaises qui nous faisaient face. Leurs ombres s'étendaient jusqu'au milieu des gorges. Je n'ai pas tardé à la rejoindre. Nous avons suivi les murs abrupts. Nous plongions parfois pour observer les cavités ovoïdes creusées sous la surface. Nous caressions leurs parois lustrées. C'était la première fois que nous nous retrouvions à barboter au fond d'un canyon depuis le drame. En levant les yeux, les gigantesques falaises qui se dressaient vers un ciel étroit m'ont mis mal à l'aise. Je me suis vu, baignant dans les eaux sombres et froides de la Tara, et une angoisse sourde a envahi mon esprit. J'ai nagé aussi vite que j'ai pu vers la rive, en proie à une fulgurante crise de panique. J'ai appelé Dobby et elle est venue à ma rencontre. Je l'ai agrippée par le cou. Je suis sorti de l'eau dans le même état qu'un type qui vient d'échapper à la noyade, épuisé et hagard. Je ne me sentais vraiment pas bien. Luna n'avait rien remarqué. Je tremblais de froid et les pierres chaudes me faisaient du bien. Quand Luna s'est aperçue de mon absence, elle m'a cherché des yeux et je lui ai adressé un signe de la main. Elle est restée à l'eau pendant un long moment encore, puis elle est revenue vers nous. J'avais rapporté ses vêtements près de moi.

— Tu as trouvé quelque chose ?

— Oui. L'eau est froide.

— Tu sais bien ce que je veux dire.

— Je ne comprends toujours pas. Tout est lustré, poli. Pas moyen de rester coincé là-dessous en l'absence d'un courant violent. Un de ces jours, je demanderai aux gars qui louent des canoës. Peut-être qu'ils auront des trucs à nous dire sur ce genre d'accident. On y va ?

— OK, mais pas question de remonter par ton raccourci !

Nous sommes arrivés dans la douce lueur du jour

déclinant. Maman était assise sur le marchepied du camion. Elle observait Goran qui était encore à l'ouvrage sur son échafaudage. Nous avons couru jusqu'à elle et nous l'avons serrée dans nos bras à tour de rôle. Elle ne s'était pas défaite de son regard torpide, mais au moins elle avait quitté son lit. La caravane de Lisbeth n'était plus dans la cour. Luna a demandé à maman si elle était déjà repartie, mais elle a semblé ne pas l'entendre. Nous avons hélé Goran qui nous a dit qu'elle était derrière la grange. Nous sommes allés la voir. Sur les conseils de Goran, elle s'était installée à l'autre bout du terrain, là où il y avait la carcasse d'un antique tracteur et les vestiges, tout en rondeurs, de ce que j'avais identifié comme étant une traction Citroën, envahis par des églantiers. Un endroit où nous ne traînions guère parce que des guêpes y avaient fait leur nid et que c'était le coin préféré des aspics.

18

Lorsqu'elle nous a fait signe d'entrer, la femme entre deux âges qui nous avait reçus nous a regardés défiler devant elle en affichant un sourire contraint. La rentrée des classes était dans dix jours à peine et il allait être fastidieux de justifier notre impréparation. Elle a posé tout un tas de questions à Lisbeth, mais une fois sur deux c'était Luna qui répondait. C'était à chaque fois les mêmes interrogations qui revenaient, comme expliquer le caractère saisonnier des emplois de nos parents qui avaient jusqu'ici nécessité que nous changions de collège deux fois par an. Lisbeth a avancé, en gage de je ne sais quoi, qu'elle-même avait été un temps professeur, puis elle a fait part de la disparition de notre père et du mal-être de notre mère. La proviseure a affiché un air compatissant et a demandé à Luna comment nous vivions cette situation, elle et moi.

— J'essaie de me convaincre que ça arrive. Pour tout un tas de raisons, ça arrive tous les jours. Des choses auxquelles on ne peut pas s'attendre. On se dit que ce n'est pas juste, mais la vérité c'est que tout le monde est en droit de se dire ça. Dans le meilleur des cas, la vie est comme un cognassier, avec de beaux fruits jaunes qui sentent bon, mais sur lesquels on se casse les dents dès qu'on veut croquer dedans. On peut se battre, ce sera toujours ainsi.

— Tu as dit que tu avais quel âge, Luna ?

— Quinze.

— C'est toi l'aînée ?

Ce n'était pas vraiment une question. Elle avait lancé ça comme une évidence. Je l'avais ressenti comme ça.

— On est jumeaux.

— Ah, bien… La vie peut être belle, tu sais.

— Vous n'avez pas écouté ce que j'ai dit !

La proviseure s'est raidie et la chaise de Lisbeth a grincé.

— Et toi, Tom ?

— Pardon ?

— Je disais, et toi, Tom ?

— Je ne sais pas trop.

— Tu as écouté ta sœur ?

J'étais un peu décontenancé, à la fois par le ton de la question, mais aussi parce que j'essayais d'interpréter ce que venait de dire Luna. J'ai toujours été très mal à l'aise avec les professeurs.

— Je… je ne sais pas. Luna sort souvent des trucs qu'on ne comprend pas bien. Faut pas lui en vouloir.

— Je vois.

Elle ne voyait rien du tout ! C'est tout ce que j'avais su répondre, mais c'était aux antipodes de ce que j'avais en tête. J'avais juste essayé d'excuser Luna, de lui dire qu'il ne fallait pas tenir compte de ses répliques assassines.

— Je vais devoir consulter vos livrets scolaires, si vous en avez un, et m'assurer qu'il y ait encore des places disponibles, mais je n'y crois guère. Attendez dans le couloir.

Elle avait dit ça d'un ton fatigué, exprimant ainsi qu'elle avait bien assez de choses à faire avant la rentrée et qu'elle n'avait nullement l'intention de perdre du temps avec nous.

L'attente a été longue. Quand la proviseure nous a appelés, elle nous a assené d'emblée le résultat de ses consultations par un « Il va falloir faire des efforts », formule que les profs infligent volontiers à leurs élèves sans que cette notion vienne titiller chez eux l'éveil d'une conscience partagée. J'avais l'habitude de recevoir ce genre d'injonction, mais je ne comprenais pas pourquoi, cette fois-ci, elle semblait destinée à Luna et, peut-être bien, à moi aussi. Un silence empesé a suivi. Un de ceux qu'eux seuls savent faire naître. Un silence qui vous flanque le sentiment que vous êtes à un tournant de votre vie, que tout va se jouer dans les prochaines secondes… et ça a été le cas. Luna sautait une classe faute de place au collège. La faute à ses notes aussi : il avait été question d'élève précoce. Elle était envoyée dans un lycée situé à des kilomètres de là, ce qui impliquait qu'elle ne rentrerait qu'en fin de semaine. La proviseure avait ajouté que c'était une chance pour Luna, qu'elle trouverait dans cet établissement un environnement plus à même de nourrir son esprit. Je n'avais pas su quoi penser de ses propos, mais ce dont je me souviens, c'est que le coup avait été difficile à encaisser.

19

Le jour de la rentrée, Lisbeth m'a posé au bout du chemin, là où un bus de ramassage scolaire était censé passer, et j'ai regardé «le corbillard» emporter Luna. C'est le nom que l'on avait donné à sa voiture et, de fait, son austérité était tombale, tout le contraire de sa propriétaire. Cet antagonisme plaisait beaucoup à Luna. Elle a glissé un bras par la vitre et a brandi son poing serré. Ce n'est pas ce que j'attendais, mais Luna était imprévisible, trop large d'esprit et trop avide de sensations nouvelles pour rester en place très longtemps. L'annonce de son départ pour le lycée ne l'avait pas affectée outre mesure. Peu après que la voiture eut disparu, absorbée par le plateau, le silence a envahi l'espace et c'est seulement à cet instant que j'ai compris. Elle voulait que je sois fort, c'est ce qu'elle m'avait signifié. J'ai serré les poings dans mes poches et levé les yeux vers les nuages sombres qui, tout comme moi, n'avaient rien contre lâcher quelques larmes, et c'est ce qu'ils ont fini par faire. Je les ai laissées rouler sur mes paupières et se caler dans mes cils. Des gouttelettes odorantes et délicates qui tachaient graduellement le sol crayeux et animaient, sans le brusquer, le silence ravageur qui s'était installé au carrefour. Elles glissaient sur les fils des clôtures qui bordaient la route et venaient former une perle sur la pointe des barbes. Les barbelés avaient ainsi l'air moins agressifs, et je me suis dit que je me devais d'essayer de faire ça moi aussi ; coiffer les aspérités de mon désarroi avec de douces rotondités, mais rien de ce qui m'est venu à l'esprit n'a fonctionné.

Je suis resté là, sans bouger, mon sac d'école entre les jambes, accablé par un sentiment d'abandon. J'aurais aimé que Dobby soit à mes côtés, mais elle avait pris en chasse je ne sais quelle bestiole pendant la nuit et elle n'était toujours pas rentrée. Ce n'était pas dans ses habitudes. Je pensais à elle quand un minibus blanc est apparu. Il s'est arrêté devant moi et la porte avant s'est ouverte dans un long soupir. Je suis monté sur la première marche et j'ai demandé :

— C'est bien le car qui descend au collège ?

— C'est exact, mon garçon, et si j'en juge à ta tête, c'est pas jour de fête ! T'es nouveau ?

Ce n'était pas une question, mais la mise en exergue d'une évidence qui semblait défier l'entendement.

— Le jour où vous quitterez le coin, sois gentil de me prévenir, que je ne perde pas mon temps à venir jusqu'ici.

Je suis allé m'asseoir près d'une fenêtre. Le minibus était à moitié vide. Cinq ou six collégiens du côté gauche et, de l'autre, trois filles qui m'ont dévisagé en chuchotant. Je me suis installé à l'arrière, dans la rangée de droite, et les gars ont éclaté de rire. Avec Luna, ce genre de chose n'arrivait jamais. J'ai posé mon sac sur mes genoux et je l'ai serré contre moi. En regardant la steppe qui défilait par la fenêtre, j'ai pensé à notre mère. J'étais heureux que Goran et Lisbeth soient avec nous. Je ne sais pas comment nous aurions fait sans eux. Sans Goran surtout. Il devait se sentir affreusement coupable de ce qui nous arrivait et se démenait sans compter pour nous rendre la vie plus facile. Il s'activait chaque jour sur le chantier de restauration de la maison. Il n'avançait pas bien vite, mais je me disais que notre père aurait été satisfait du travail accompli et que, de là où il était, il devait être sacrément rassuré de le voir près de nous. Depuis que maman consentait à mettre le nez dehors, il s'était mis en tête de planter des pins sylvestres et des pins noirs sur le terrain qui s'étendait devant le camion. De jeunes pousses qu'il allait chercher je ne sais où. Maman prenait un plaisir quasi mystique à le regarder faire. Ça semblait lui faire du bien et c'était ce qui importait, mais tout de même, c'était difficile de voir maman fixer Goran avec ces yeux-là. Je m'étais demandé si je n'y étais pas pour quelque chose, s'il pouvait y avoir un rapport avec l'histoire du berger de Giono que je lui avais racontée, mais j'avais rapidement écarté cette idée parce que ça n'avait pas de sens. Lisbeth disait que c'était une conséquence de sa mélancolie, que maman s'éveillait doucement à la vie et que son esprit s'était raccroché, non pas à Goran, mais à ses actes, à ses gestes, dans ce qu'ils avaient d'inspirant et de réconfortant.

Le minibus est entré dans un petit village blotti au fond des gorges avant de s'arrêter devant un bâtiment dont la solennité étatique m'est apparue comme une offense à la rivière, aux maisons en pierres, à la symbiose des lieux. J'ai passé le reste de la journée à attendre le moment du retour et à m'inquiéter pour Luna et Dobby. Pour maman, je la pensais en sécurité à défaut d'être complètement rétablie.

Au terme de cette pénible journée, le bus m'a déposé là où il m'avait pris en charge le matin. Les gars et les filles présents étaient les mêmes qu'à l'aller, mais ils s'étaient montrés beaucoup plus bruyants. Je suis descendu en lançant un salut qui n'attendait pas de réponse. Un vent d'ouest soufflait avec obstination. Sans doute voulait-il chasser des prairies les poussières de l'été.

J'ai couru, pressé que j'étais de savoir si Dobby était rentrée. Sur le chemin, j'ai vu deux vautours fauves qui se chamaillaient avec des corbeaux. Cinq ou six autres tournoyaient au-dessus d'eux. Je me suis avancé prudemment. C'était la première fois que j'approchais les vautours d'aussi près. Ils se faisaient face et ouvraient à demi leurs ailes, ce qui les rendait plus effrayants encore. Ils ont tourné vers moi leur cou reptilien, flanqué d'un bec crochu et d'yeux ronds à la fixité intimidante. Dans les barbelés longeant le chemin, j'ai aperçu trois corps écartelés, la tête tirée en arrière, la gueule ouverte, tournée vers le ciel. J'aurais aimé pouvoir soustraire cette atrocité de mon champ de vision, mais je ne pouvais quitter des yeux les pauvres bêtes aux babines flasques. Elles dévoilaient de puissantes mâchoires blanches et de redoutables canines. Les deux premières dépouilles avaient un épais pelage gris-brun et la troisième une robe aux poils courts noirs et fauves. Je me suis avancé vers elles avec en moi le genre d'effroi qui précipite subitement les vivants vers la frontière du chaos. Deux loups gris, à qui on avait ouvert le ventre de bas en haut pour les humilier et affirmer la domination intransigeante de l'homme, et Dobby, avec un large trou dans le poitrail. Une masse poisseuse s'échappait de la cavité entre des morceaux d'os. Sa langue pendait et ses yeux étaient éteints. Un corbeau est venu se percher sur son museau et a plongé son bec puissant dans son œil gauche. J'ai chassé les charognards en faisant de grands moulinets avec mon sac d'école et en hurlant mon effroi. Les vautours n'ont reculé que de quelques pas. J'ai pris la tête massive de Dobby entre mes mains. Je l'ai embrassée et l'odeur fade de ses entrailles m'a soulevé le cœur. Les larmes cascadaient sur mes joues pendant que des spasmes secouaient mon corps qui s'abandonnait. Je me suis mordu la lèvre et le goût du sang a envahi ma bouche. Dobby était partie comme elle était arrivée, dans les griffes des barbelés et la cruauté des hommes. J'ai cherché à la décrocher, mais un fil de fer passé entre l'os et le tendon des pattes rendait mon couteau inopérant. J'ai jeté mon sac et je suis rentré en courant, aussi vite que je le pouvais. Je trébuchais, me relevais en avalant péniblement des bouffées d'air que mes sanglots expulsaient aussitôt dans de bruyants hoquets.

Je suis arrivé vers Goran en criant son nom :

— Qu'est-ce qui se passe ?

— Dobby ! C'est Dobby…

— Calme-toi et dis-moi ce qui t'arrive.

— Ils l'ont tuée. Je suis sûr que le type qui m'a remonté avec sa jeep y est pour quelque chose. Il y a des loups aussi…

— Des loups ?

— Oui, deux ! Il faut que tu ailles la chercher !

— Viens avec moi, on va aller voir ça.

— Elle est accrochée dans les barbelés, juste avant la route. Je ne veux pas y retourner.

— Attends-moi là !

Goran est revenu avec son pick-up et il m'a embarqué de force. Je me suis débattu avant qu'il ne referme la portière et que toute idée de fuite soit vaine.

— Écoute-moi bien, Tom, tu ne seras jamais un homme si tu ne regardes pas la mort en face. Parfois ce n'est pas beau à voir, mais tu ne dois pas détourner ton regard ! J'ai vu des tas de trucs dégueulasses, mais quand c'est un ami, même en plusieurs morceaux, ça reste ton ami. Tu me suis ?

J'ai acquiescé, sans être convaincu plus que ça. Le bruit de la voiture a fait fuir les charognards. Goran a décroché les cadavres à l'aide d'une pince coupante. Je me souviens qu'il avait un sourire sur les lèvres, mais ce n'était peut-être bien qu'un rictus de dégoût. Il a traîné le corps des loups loin dans la prairie, suivi à distance par les vautours qui sautillaient maladroitement, puis il est revenu vers moi.

— C'est à toi de le faire, c'est ta chienne.

J'ai pris Dobby dans mes bras et je l'ai posée dans la benne du pick-up. On est allés l'enterrer derrière le muret qui clôt la cour, la tête tournée vers l'infini. Je suis resté près d'elle jusqu'à ce que la nuit tombe, jusqu'à ce que la voix de Lisbeth se fasse entendre. Je n'avais qu'une hâte, que Luna rentre.

20

Le vendredi suivant, après que le car m'eut déposé devant la boîte aux lettres que Goran venait d'installer au croisement avec la route (un vieux bidon de pétrole en métal pourvu d'une porte en bois, fixé sur un pieu), je suis allé m'asseoir dans un amoncellement de blocs sculptés, savamment disposés. Ils étaient là, ruines de rien, vestiges de je ne sais quoi, de tempêtes immémoriales peut-être bien, d'une marée basse d'après Lisbeth, mais c'était difficile à croire. Une fois blotti dans un recoin de cette carapace comme un bernard-l'hermite dans un coquillage, j'ai ouvert mon sac et attrapé le livre que j'avais emprunté à la bibliothèque. J'avais été sacrément chanceux de le dénicher dans le coin réservé aux prix littéraires. Un bouquin de 1971 avec en couverture deux bras qui émergent de l'eau en brandissant une arme de chasse et au loin un canoë avec trois types à bord à qui l'on ne prédit pas un avenir radieux. Au-dessus, des lettres bleues criant *Délivrance*, coiffées du nom de l'auteur, James Dickey. J'avais ça en tête depuis que nous étions sortis du canyon, trouver ce livre, parce que pour le film je ne voyais pas bien comment faire. Il avait amusé papa et Goran avant que nous embarquions dans le raft et maman avait dit que c'était l'histoire d'une descente de rivière qui s'était mal terminée. Maintenant que je le tenais entre les mains, j'étais fébrile, comme s'il pouvait y avoir un lien entre cette histoire et la nôtre, une vérité cachée au fond d'un chapitre, un truc qui me dirait pourquoi papa n'était pas sorti du canyon. C'était parfaitement stupide, mais je l'avais serré contre ma poitrine comme un dévot un incunable messianique.

J'ai lu les premières pages sans grand enthousiasme. Il me tardait que les gars s'engagent dans leur canyon, autant que de voir Luna descendre de l'autocar qui devait la remonter jusqu'à moi. J'avais une heure à faire passer et je savais que le meilleur moyen de tromper mon impatience c'était encore de suivre les quatre canoéistes dans leurs préparatifs.

Il était près de vingt heures quand Luna est enfin arrivée. J'ai glissé le livre dans mon sac et j'ai couru vers elle. Je ne savais pas si je devais lui parler de Dobby tout de suite ou attendre un peu. Luna allait décider pour moi, comme souvent.

— Salut Luna !

— Tom ! Qu'est-ce que tu fais là ?

— Je t'attendais. Alors, raconte, c'est comment là-bas ?

— Dobby n'est pas avec toi ?

— Je ne sais pas comment te dire ça. J'y ai pensé toute la semaine…

J'ai regardé derrière Luna pour me donner du courage, mais il n'y avait rien à voir, rien d'autre que le crépuscule qui engourdissait le plateau.

— Dobby est morte. Elle a été tuée. Par les types qui ne veulent pas de loups dans le coin.

— Comment tu sais ça ?

— C'est moi qui l'ai trouvée, accrochée dans les barbelés avec deux loups.

Luna est restée un moment interdite, puis elle s'est engagée sur le chemin. Je n'ai pas cherché à la rattraper tout de suite. Je savais que Luna avait besoin d'un peu de temps. Nous avons fait un tiers du trajet ainsi, l'un derrière l'autre, avant que je prenne sa main.

— On l'a enterrée derrière le muret.

— Pourquoi derrière ?

— Je ne sais pas trop. Pour qu'elle ait la prairie pour horizon, c'est ce que j'ai pensé.

— L'horizon, c'est pour les vivants !

— Goran était d'accord avec moi.

— Dans les barbelés, comme le jour où on l'a trouvée…

— C'est ce que je me suis dit.

— Tu te souviens ?

— Tu parles si je me souviens…

— C'était pas beau à voir.

— Cette fois-ci non plus.

— Dobby était quand même une sacrée chienne ! Tu l'imagines courir avec les loups ? C'est ce qu'il faut retenir, Tom.

— Je me demande bien qui ça pouvait emmerder.

— Les types qui ont fait ça pensent que les loups sont sur leur territoire, mais en réalité c'est l'inverse, et ils ne sont pas disposés à partager. Et maman ?

— Lisbeth dit qu'elle se voit gambadant avec papa et que c'est une bonne chose. Que c'est un signe d'acceptation.

— Goran est toujours dans le coin ?

— Il est parti hier. La carte de maman m'a été refusée à la supérette. L'argent du loyer n'arrive plus. Il a dit qu'il allait à Lyon voir ce qui se passe.

— Et toi ?

— Moi quoi ?

— Comment tu te sens ?

J'ai répondu d'un haussement d'épaules. Je ne voulais pas lui dire le sentiment d'abandon qui fourmillait sous ma peau.

— Le collège ?

— Vide.

— Je suis désolée. Pour ça et pour un tas d'autres choses. Je me suis inscrite au club d'escalade du lycée et, mercredi après-midi, on est allés grimper en falaise. J'ai adoré faire ça.

— Qu'est-ce que tu cherches à me dire ?

— Il y a des sessions programmées le week-end. Trouve-toi des amis, Tom. Ne reste pas seul à faire ta mauvaise tête.

— Tu ne veux plus nous voir, maman et moi ? C'est ce que tu es en train de dire ?

Luna m'a serré dans ses bras.

— Bien sûr que non, mais regarde comment les choses se présentent à nous ! Il te faut faire attention à ne pas t'isoler. Promets-le-moi !

J'ai dit que je ferais de mon mieux.

21

Le lendemain, en milieu de matinée, maman est sortie du camion avec Lisbeth et je les ai regardées franchir le mur, passer devant la tombe de Dobby et filer parmi les ajoncs et les buis odorants avant d'étaler une couverture sur le sol. Elles sont restées assises là, à méditer, pendant un bon moment. Un vent tiède jouait avec leur chevelure. Rien ne venait troubler la quiétude des lieux et c'est ce qui a précipité mes pensées vers papa et Dobby. Des papillons noirs les ont aussitôt rejointes. Je me suis empressé d'aller retrouver Luna dans le camion. Elle avait le nez plongé dans ses manuels scolaires.

— C'est pas trop dur, la seconde ?

— J'en sais trop rien. J'imagine qu'il suffit d'apprendre ce qu'on me demande de savoir. Tu sais, rien ne change vraiment, c'est toujours un peu la même chose, quelle que soit la classe.

— Maman est dans la prairie avec Lisbeth.

— C'est ce qu'elles ont dit en sortant. Tu as vu comme elle semblait apaisée hier soir ?

— Oui, c'est vrai… Tu avais raison.

— Raison sur quoi ?

— La médecine douce, Lisbeth, tout ça !
— C'est toi qui as déniché Lisbeth, je te rappelle !
— Avec Goran.
— Non, c'est toi seul qui en as eu l'idée. Je ne sais pas pourquoi elle reste ici, ni pourquoi elle fait tout ce qu'elle fait. Je la trouve vraiment géniale.
— Goran l'est aussi.
— Je n'aime pas le voir vivre aux crochets de maman.
— Il a de l'argent. Ce n'est pas ce que tu crois. Maman l'observe souvent quand il travaille. Parfois ils échangent de petits signes. Tu as vu qu'il a commencé à planter des arbres ? Il bâtit une forêt, c'est ce qu'il dit ! Maman adore l'idée et Lisbeth aussi.
— Très bien, si tu veux, tu as peut-être raison…
— Je rêve souvent que papa ne s'est pas noyé. Qu'il attend dans une cavité humide qu'on vienne le secourir. Luna, est-ce qu'il t'arrive encore de te dire que si nous n'étions pas descendus…

Le pick-up de Goran est entré dans la cour et il m'a fait avaler la fin de ma phrase. C'était sans doute mieux comme ça, parce que j'avais décelé dans le regard de Luna un éclat qui disait que nous avions suffisamment ressassé cet aspect des choses. Goran est descendu de la voiture avec un large sourire.
— Comment ça s'est passé ? Tu as pu voir les locataires ?
— Je les ai rencontrés.
— Ils n'ont pas fait d'histoires ?
— Ils n'en feront plus, c'était un simple oubli. Au final tout s'est arrangé. Tiens, tu donneras cette enveloppe à Mily.
— Elle sera contente d'apprendre ça.

— Viens m'aider à allumer un feu, j'ai remonté de quoi faire un festin.

J'ai confié l'argent à Luna et elle m'a dit que ça faisait le compte. J'en ai été soulagé. Ensuite je suis allé rejoindre Goran. Sous le soleil encore chaud de septembre, nous avons dressé la table dans l'ombre des pins, puis, en attendant que le barbecue soit à température, nous sommes allés cueillir du thym et de la sarriette que Goran avait l'habitude de placer sous les grillades pour les parfumer. Nous avons aperçu maman et Lisbeth qui rentraient et je leur ai crié que le repas serait bientôt prêt. Elles m'ont répondu d'un geste de la main.

Maman est venue s'installer avec nous et, même si sa présence a été de courte durée, elle a ravivé en moi, comme en nous tous probablement, l'espoir de possibles lendemains solides et riants.

22

L'hiver est arrivé brutalement quelques jours après le Nouvel An. Des flocons de neige ont tourbillonné tout l'après-midi dans un ciel bas et sombre. En fin de journée il s'est mis à neiger vraiment. Une neige collante qui venait glisser sur les vitres du camion. Le moral de maman avait fait volte-face depuis quelques jours déjà. Il en va des dates comme des sons, des images ou encore des odeurs : elles ont le pouvoir de vous précipiter, avec la même fulgurance, dans des souvenirs délicieux ou tourmenteurs. À cette époque de l'année, nous aurions dû être en montagne, dans une station de ski, calés sur un parking en compagnie d'une ribambelle de chiens et de pérégrins joueurs de djembé au look aussi hétéroclite que leur camion. Un petit monde auquel nous appartenions, partageant les repas, comme le déneigement et les galères, troquant fringues et ustensiles au gré des besoins. Un petit monde où chacun invente sa vie, un petit monde dans lequel nos parents se sentaient libres et vivants. Des abeilles dans leur ruche.

Par la fenêtre, je regardais la trouée qui avait remplacé la caravane de Lisbeth. C'était presque rien, une ouverture grande comme trois ou quatre cartons à dessin, un vide au milieu de la steppe qui accrochait mon regard. L'hiver l'avait chassée dès les premières gelées et, sans son aura, l'espace s'était considérablement élargi. Balayé par un vent froid, le causse était méconnaissable. Dans la lueur de la lampe pendue au-dessus de la porte, je voyais la neige filer à l'horizontale. Goran et maman étaient descendus au village chercher du gaz et j'étais inquiet de ne pas les voir revenir. Luna avait été invitée à fêter le Nouvel An chez une amie du lycée et le silence dans le camion était oppressant. Elle ne devait rentrer qu'en fin de semaine suivante, après les cours, mais rien n'était moins sûr. Le lycée avait changé Luna. Enfin je ne sais pas exactement ce qui avait opéré cette mutation, mais tout me semblait différent en elle. Sa douce impatience de vivre s'était transformée en une fébrilité qui n'avait fait que croître au fil des semaines. Elle avait toujours un tas de choses à faire le week-end. Maman disait que ce besoin d'indépendance était de son âge, que j'avais dès les premiers jours de la vie été plus lent qu'elle, et ça me faisait mal de l'entendre dire ça. Je ne sais pas si elle s'en rendait compte. Quand papa était encore avec nous, elle ne sortait jamais des trucs pareils. Le poids de son absence pesait sur moi semaine après semaine. J'avais décortiqué pendant des heures *Délivrance* et noté quelques points communs entre l'expédition des quatre gars et la nôtre sans que cela n'apporte un éclairage nouveau sur la tragédie qui nous avait endeuillés. J'avais suivi douloureusement la journée de navigation qui avait conduit les rescapés jusqu'au pont qui signifiait la fin de leurs épreuves, fait le rapprochement entre le gamin albinos, simple d'esprit et joueur de banjo du roman, et le fils supposé du gars au visage torturé qui avait descendu notre camion à la sortie du canyon. Rien d'autre, mais cela m'avait cependant permis de toucher du doigt l'état d'esprit de Goran et de notre père avant de mettre le raft à l'eau. J'avais espéré je ne sais quoi. Personne ne s'était attaqué à nous, il n'y avait aucun mystère à percer. Papa s'était noyé accidentellement (je pensais : bêtement), et j'allais devoir me résoudre à l'accepter.

À vingt-trois heures, Goran et maman n'étaient toujours pas rentrés. La nuit était agitée par de violentes bourrasques qui secouaient le camion et faisaient trembler le faisceau de la lanterne sur la neige. Elle éclairait péniblement d'une lumière jaune une infime partie de la cour et le reste n'en était que plus sombre encore. Le froid avait gagné l'intérieur du camion et je me suis résigné à aller chercher refuge dans la caravane de Goran. Le vent avait amoncelé de la neige devant sa porte. Je l'ai dégagée avec les pieds, puis j'ai tiré sur le loquet, en vain. J'ai soufflé sur le verrou et martelé la porte, pensant que l'un ou l'autre pouvait être gelé. Je ne voyais pas bien pourquoi Goran aurait fermé sa caravane sachant que j'étais dans le coin. Le vent était coupant et j'ai rapidement abandonné. Je suis resté un moment immobile, un peu décontenancé, avant d'aller m'abriter des bourrasques dans les ruines de la ferme. J'ai balayé les murs froids et la toiture partiellement effondrée avec ma torche. Le fragile échafaudage de Goran se fondait dans la masse ruiniforme. Une pierre s'est détachée du plafond et est venue se fendre sur des blocs entassés au sol. Un bruit sec qui a transpercé la cantilène du vent. Une fugace odeur minérale s'était levée. Une odeur de pierre à feu, de silex venu du fond des âges. Rien ne semblait vouloir prendre fin. Jamais. Une tâche de Sisyphe. Je ne sais pas ce qui m'avait attiré là. Dans la lumière de ma lampe j'ai regardé le souffle blanc de mon haleine danser avant de s'élever hors des murs. J'ai suivi les volutes et en m'élevant avec elles j'ai vu une loupiote, noyée dans l'espace béant et sombre de la nuit, recouvrant une masure perdue dans l'immensité tempétueuse du causse. Un sentiment d'abandon et d'isolement a subitement maltraité mon esprit. Une onde de choc que je comptais bien ne plus jamais voir aborder les rivages de ma mémoire.

Un soir d'automne, Luna et moi avions été emmenés dans un foyer après que les flics avaient fait irruption dans le camion. Un incendie avait ravagé un hangar de l'exploitation viticole où nous nous étions installés le temps des vendanges, mais nous n'avions rien vu, pas même entendu les sirènes des pompiers. Il faut dire qu'il était situé de l'autre côté des vignes. Papa n'était pas au mieux de sa forme, il avait bu et beaucoup fumé, comme tous les saisonniers qui étaient présents ce soir-là, mais maman avait soutenu que c'était uniquement parce qu'on habitait dans un camion et que nous n'étions pas scolarisés qu'ils s'en étaient pris à nous. Papa avait parfois des accès d'abattement quand la réalité s'opposait à ses projets comme à ses désirs. Il n'aimait pas le monde dans lequel il vivait et je crois bien qu'il lui faisait peur. Il n'avait jamais cherché à l'apprivoiser, à s'y inscrire d'une manière ou d'une autre. Après avoir ramassé le crack et les barrettes de shit qui traînaient au milieu des bières, les flics nous avaient tous embarqués, sauf Dobby qui était restée enfermée dans le camion. Le soir même, trois femmes nous avaient reçus dans une vaste pièce. Les murs étaient peints en jaune et des dessins d'enfants étaient accrochés dessus, dans un désordre méticuleusement organisé. Luna s'était penchée vers moi pour me dire «Je te parie que la cheffe, c'est celle qui a les gros nichons», juste avant qu'une matrone à l'imposante poitrine ne s'adresse à nous. Elle m'avait flanqué un coup de coude. On nous avait posé des tas de questions et j'avais laissé Luna répondre. Elle était douée pour ne dire que ce qu'elle souhaitait tout en laissant croire à ses interlocutrices qu'elle se confiait à elles. Nous étions restés trois jours au foyer, puis nous avions été envoyés dans des familles d'accueil. Chacun de notre côté. Je ne sais pas quel fonctionnaire décérébré avait bien pu imaginer pareil scénario, mais aujourd'hui encore je l'étranglerais volontiers de mes mains. Me séparer de Luna avait été un moment épouvantable, plus que de quitter nos parents, parce que je ne pouvais concevoir d'affronter le chaos des jours à venir sans elle. Les mots me manquent pour le décrire. J'avais mordu au sang la main qui me tirait et j'avais reçu en retour une claque qui m'avait sonné. On avait débarqué un jour de pluie devant une grande maison à l'étage bardé de bois. Une femme avec un tablier à fleurs m'avait pris par l'épaule et m'avait conduit dans une petite chambre aménagée dans le grenier. Il y avait du papier peint piqué par l'humidité sur les murs, avec des motifs de bateaux et de coquillages. Par la fenêtre je voyais des montagnes aux versants boisés. Nous n'étions pas très loin de Grenoble et la nuit j'observais parfois une mer de nuage éclairée comme un lampion s'étirer au-dessus des lumières de la ville et s'immiscer dans chaque méandre de la vallée. Un besoin d'évasion probablement et c'est précisément ce que j'aurais aimé faire. J'y étais cependant resté prostré pendant près d'un mois. Je me sentais dépérir. Mon esprit s'était enlisé dans une gangue de sentiments glaiseux. Et puis un jour j'avais vu débarquer Luna. Elle avait le visage plus fermé encore qu'à l'accoutumée, mais elle était en forme. J'avais couru vers elle. J'avais vu ce jour-là dans ses yeux bleus quelque chose qui tenait de l'éclosion des fleurs d'abricotier un matin de printemps encore gélif. Luna apportait beauté et lumière.

Un lit avait été installé dans ma chambre et je n'avais pas tardé à retrouver l'appétit. Phonsine, la femme à qui nous avions été confiés, était affable, mais pointilleuse sur des sujets dont on n'avait même pas idée, comme poser le pain à l'endroit sur la table, se signer avant de manger, ne pas se servir sans demander l'autorisation et encore tout un tas d'autres choses comme donner à manger aux lapins et aux poules à des heures très précises, mais elle le faisait sans avanie aucune. Luna avait été un arc-en-ciel annonçant la fin de l'averse.

Je me souviens de lui avoir demandé ce que maman lui avait glissé à l'oreille avant qu'on nous emmène.

— Je ne sais plus. Rien d'important.

— Si. Elle a dit qu'il fallait que tu sois forte, quelque chose comme ça. Pourquoi tu crois qu'elle ne m'a rien dit à moi ?

— Parce que le dire deux fois lui aurait été trop pénible. Elle ne pouvait pas imaginer que nous serions séparés. Et au final, quoi ? Tu crois que ça m'a aidée ? Les mots, c'est du vent !

Elle lui en voulait. À notre père aussi probablement.

J'avais alors réalisé qu'à aucun moment je n'avais eu ce genre de pensées.

Je suis retourné au camion et je me suis glissé tout habillé sous les couettes. Ça m'a taraudé l'esprit jusqu'à ce que le sommeil me gagne.

23

Au matin, les vitres avaient été opacifiées par le givre. J'ai instinctivement jeté un regard vers l'alcôve de nos parents, mais elle était vide. Je suis resté un moment à fixer la lumière pâle qui éclairait l'intérieur du camion avant de me lever. Le froid était terrible. J'ai gratté la vitre pour regarder dehors, mais il n'y avait pas de pick-up, juste des tas de congères qui ourlaient la cour. Je suis allé prendre une pince dans la caisse à outils placée derrière le siège conducteur et je suis sorti. La neige m'arrivait aux genoux. J'ai filé jusqu'à la caravane de Goran et j'ai cherché sa bouteille de gaz. Je l'ai extirpée de la gangue de neige et de glace dans laquelle elle était enchâssée avant de la traîner jusqu'au camion. L'onglée me rongeait les doigts. J'ai branché le détendeur et je suis rentré allumer le chauffage. Je me suis fait chauffer un café. Je me demandais pourquoi cette idée ne m'était pas venue à l'esprit la veille. Une buée opaque s'élevait de la casserole et venait se liquéfier sur la crédence fabriquée avec le couvercle de boîtes à biscuits. Elles étaient soudées entre elles par un cordon de plomb et formaient ainsi une sorte de vitrail aux couleurs pastellisées par les coups d'éponge. Je me suis installé au volant avec ma tasse, j'ai caressé son immense cercle patiné avec ma main libre. Je me demandais où maman et Goran avaient bien pu passer la nuit. J'étais inquiet sans l'être, je me disais qu'avec Goran il ne pouvait rien lui arriver, que les routes seraient vite dégagées et que le meilleur moyen de le savoir était encore d'aller voir l'état de celle qui passait au bout du chemin.

Le ciel était bas. Les nuages couleur cendre froide laissaient passer par quelques échancrures de timides traits de lumière qui fusaient sur la neige. Le paysage étirait sa solitude inhospitalière dans cette luminescence glacée. La neige s'était blottie contre les clôtures et les murets. Des bourrasques soulevaient des essaims de particules iridescentes qui venaient planter leur dard givré dans mon visage et mes yeux avant de s'immiscer désagréablement dans mon cou. J'ai couru pour me réchauffer. Un goût métallique a pollué ma salive. Je me demandais comment le plateau aride, écrasé de chaleur en été, avait bien pu muer en une toundra sibérienne accablée par l'hiver.

Je me suis arrêté devant les morceaux de tissu que j'avais accrochés dans la clôture où Dobby avait fini sa vie. Des carrés d'étoffe que j'avais taillés dans le plaid sur lequel elle aimait se coucher. Ils étaient raidis par le gel. Elle aurait adoré jouer dans cette masse ouatée, et moi j'aurais aimé l'avoir près de moi. Je ne me suis pas attardé.

Le bourrelet de neige qui bordait la route arrivait presque à hauteur de la boîte aux lettres. Je me suis frayé un passage jusqu'à elle. C'était un ruban blanc parfaitement déneigé qui semblait canaliser les courants d'air. J'ai tapé des pieds pour chasser la froidure de mes bottes. Je ne savais pas quoi penser. Un bruit de moteur a humanisé les lieux quelques minutes avant que je ne voie apparaître le bus scolaire. Il s'est arrêté devant moi. J'étais déconcerté. J'avais occulté le fait que nous étions lundi, jour de reprise des cours. La porte s'est ouverte et une bouffée de chaleur est venue jusqu'à moi en même temps que la musique diffusée par la radio.

— Qu'est-ce que tu attends pour monter ?

— Je ne monte pas.

— Dans ce cas je peux savoir ce que tu fais là ?

— J'attends quelqu'un.

— T'attends quelqu'un !

— Vous n'avez pas entendu parler d'un accident qui aurait eu lieu hier ou cette nuit ?

— Non, rien de rien. Si ça avait été le cas, je m'en souviendrais, vu que je suis pompier volontaire et que j'étais d'astreinte. Juste un chien cloué sur la porte d'une bergerie. Quand son propriétaire l'a trouvé, il était encore vivant. Il était peut-être bien crucifié là depuis plusieurs heures. Je ne sais pas qui peut faire des trucs comme ça. Victor a dû l'abattre. Il dit qu'un gars capable de faire ça n'est pas humain. Je crois qu'il va dormir moins tranquille maintenant.

— Victor, c'est qui ?

— Un gars qui habite un peu plus loin par là-bas.

— Un berger avec une longue barbe ?

— Ouais, c'est ça.

Une voix a crié : « La porte ! »

— Merde ! Fermez-la !

— Y fait chier, Zavatta !

Zavatta, c'était le surnom que les collégiens

m'avaient flanqué sur le râble. Je ne sais pas comment ils avaient su pour notre camion. Personne ne passait dans le coin.

— Bon, j'imagine que tu sais ce que tu fais ! Tâche d'être là demain.

Le bus a redémarré et j'ai senti sur moi le poids des regards. J'ai levé les yeux et vu les collégiens qui me fixaient étrangement par la vitre arrière, juste avant qu'elle ne soit noyée dans le panache de fumée de l'échappement.

Je suis resté immobile un bon moment. J'écoutais le chant du vide qui venait de naître. Après le départ du minibus, il était plus audible encore. Je n'arrivais pas à me détendre, je ne savais pas si je devais me réjouir de l'information du chauffeur. Avec Luna, nous avions appris à composer avec les fugues de nos parents, mais là, les choses étaient vraiment différentes. Je me demandais quel problème ils avaient bien pu rencontrer.

Le ciel s'était encore assombri. Le paysage était devenu l'allégorie de l'absence, ça en était fascinant. Les bosquets de buis et de genévriers n'étaient plus que des cônes de neige qui peinaient à ponctuer les rotondités du plateau. Les genévriers surtout. Leurs branches retenaient mieux la neige. J'ai fait quelques pas sur la route en pensant à ce chien crucifié avant de faire demi-tour.

En milieu d'après-midi je suis retourné au bout du chemin. Le vent était tombé et une pluie fine et froide avait remplacé la neige. Je ne sais pas ce que j'espérais. Je suis allé m'abriter sous les rochers situés près du croisement. Un couple de corneilles m'a accueilli en craillant leur mécontentement. Finalement je n'y suis pas resté longtemps. Le froid engourdissait mes pieds. J'ai arpenté la route en essayant de déceler le bruit d'un moteur, mais la neige humide écrasait tous les sons. En passant devant la boîte aux lettres, je l'ai ouverte, pour tromper mon attente. Nous ne recevions jamais de courrier. Je m'étais toujours demandé pourquoi Goran en avait fabriqué une aussi élaborée pour un si maigre service. À l'intérieur il y avait un paquet. Sur l'enveloppe épaisse j'ai lu le nom de ma mère en lettres majuscules et en dessous il était écrit, maladroitement, « Georges Berger », suivi de notre adresse, « La Ferme de l'Air ». Je ne connaissais pas de Georges Berger, mais puisqu'il y avait le nom de ma mère, ça ne pouvait pas être une erreur d'adresse. J'ai glissé le paquet sous ma veste et je suis rentré. J'ai ouvert l'enveloppe. Elle contenait une cassette vidéo, rien d'autre. Pas une mention sur la tranche, rien. Il n'y avait plus grand monde qui utilisait des magnétoscopes. J'ai pensé que ce type était un ami de nos parents, qu'il arriverait du fin fond de l'Europe un jour ou l'autre et qu'il réclamerait alors son courrier. Je l'ai posé dans les affaires de maman et je me suis assis devant la fenêtre. Quand le crépuscule s'est annoncé, j'étais résigné à passer une nouvelle nuit seul et sans nouvelle.

Au milieu de la nuit, j'ai entendu siffler et frapper à la porte. J'ai tout de suite su que Goran et maman étaient de retour. Je me suis précipité au bas de la couchette pour aller ouvrir. Maman est restée un bref instant dans l'embrasure, le temps que ses yeux acceptent la lumière. Elle a relevé une mèche de cheveux bouclés sur le haut de sa tête.

— Qu'est-ce qui s'est passé ? Vous avez eu un problème ?

Maman m'a regardé, mais elle n'a rien répondu. Elle semblait n'avoir entendu que le vide entre mes mots.

— Avec ta mère, on est allés faire un tour.

— Comment ça faire un tour ? Vous deviez simplement remonter du gaz !

— Mily avait besoin de ça.

— Merde, vous pourriez prévenir !

— T'es plus un gosse, Tom, tu devrais pouvoir comprendre ça ! Je file me coucher. À demain.

Maman s'est assise sur son lit. Le claquement de la porte l'a fait sursauter. Elle m'a regardé comme si je venais d'apparaître.

— Oh, Tom, il doit être tard ! Je suis désolée.

— C'est rien. C'est juste que je me demandais où vous étiez passés...

— On est allés jusqu'à la mer. Je voulais la voir. Et Lisbeth aussi. Je savais où la trouver. Elle a une maison vraiment tout près, dans une calanque. Il y a eu du vent tout le temps. Un vent froid qui tenait les nuages à distance.

— Ici aussi. Vous n'avez pas eu de problème avec la neige dans le chemin ?

— Non, je ne crois pas. Je n'ai pas fait attention.

— Comment va Lisbeth ?

— Oh, elle va aussi bien qu'on puisse aller.

— Et toi ?

— Je suis fatiguée. On reparlera de ça demain si tu veux bien.

Je suis remonté dans ma couchette et un quart d'heure plus tard Goran frappait à la porte.

— Va falloir me faire de la place, j'ai plus de gaz.

— C'est moi qui ai pris ta bouteille. Tu n'as qu'à brancher la neuve !

— On a complètement oublié de s'arrêter à la station.

Il est allé rejoindre maman. Ils ont chuchoté un moment. Je n'ai pas compris un traître mot de ce qu'ils se sont dit. Puis Goran a pris un sac de couchage dans un coffre et est allé s'allonger sur une banquette. Je me suis vite endormi. J'étais crevé et la présence de maman et Goran était rassurante.

Au matin, j'ai vu cette masse auprès d'elle, dans son lit. J'ai jeté un œil incrédule vers la banquette où s'était allongé Goran. Le sac de couchage traînait sur le sol. Il était encore tôt, mais je ne pouvais pas rester là au-dessus d'eux. J'aurais voulu ne rien voir. Papa était mort depuis six mois et déjà maman l'avait remplacé. Je n'arrivais pas à y croire. Je suis descendu en faisant attention de ne pas les regarder. J'ai enfilé mes fringues dans la semi-obscurité. Goran s'est levé et il a fait comme moi. Il me fixait en affichant son éternel sourire. J'ai fait comme s'il n'était pas là.

— Ce n'est pas ce que tu crois. Mily a fait une crise de panique, c'est tout !

— Je ne t'ai rien demandé.

— Peut-être bien, mais comme ça tu sais.

J'ai enfilé mes bottes. Goran m'a dit que j'avais le temps, qu'il allait faire chauffer la voiture. J'ai haussé les épaules et attrapé mon sac. Avant de sortir, je lui ai demandé :

— Le chien du berger, c'est toi ?

— Quel chien ?

Il me fixait sans sourciller.

— Je n'aimerais pas que ce soit toi.

J'ai fermé la porte. L'aube était limpide, la température en chute libre. La neige gelée crissait sous mes pas. J'ai marché dans les traces de roues de la voiture. Je ruminais les paroles de Goran et, arrivé au bout du chemin, je crois bien qu'elles avaient réussi à me convaincre. J'avais envie de croire Goran. Pour maman, pour le chien. Je n'avais aucune raison de ne pas le faire. Je respirais plus librement.

Par la fenêtre du bus, j'ai observé les gorges noyées dans la pénombre. À l'est, une ligne de feu irradiait l'horizon et de délicats cirrus qui étiraient leurs filaments carmin jusqu'à nous. Ces traits de lumière qui embrasaient les crêtes m'avaient réchauffé l'esprit et j'étais tout disposé à tenir pour un heureux présage cette offrande des cieux.

24

L'hiver s'est écoulé lentement, pesant comme les absences de Luna. Puis les beaux jours sont revenus et Luna avec eux. Elle rentrait quasiment chaque week-end avec un groupe de sept ou huit amis, parfois plus. Ce qui les attirait, c'étaient les falaises situées sous le plateau, dominant les gorges. La troupe avait établi son camp dès le mois d'avril dans la bergerie. L'atmosphère avait changé du tout au tout. Le vendredi soir, la vieille ferme prenait vie. Il y régnait alors une ambiance que nous connaissions bien. J'adorais ça, maman s'animait et Goran était toujours là. Depuis février, son humeur s'était sensiblement altérée. Il s'était montré plus sombre, préoccupé, mais ne s'était jamais départi de son sourire. Il avait dégoté un job dans un bar de nuit à Millau et s'embauchait parfois chez un artisan du coin qui rénovait des maisons. Ça lui laissait moins de temps pour retaper les murs de la ferme, ou s'occuper des jeunes pousses de pins, mais on pouvait encore le trouver perché sur son échafaudage de temps à autre.

L'équipe quittait les lieux vers dix heures le matin pour ne rentrer que le soir. Je les accompagnais, le plus souvent. Je les regardais s'engager, sans appréhension apparente, des parois vertigineuses. Luna se débrouillait bien. Parmi les filles du groupe, c'était elle qui grimpait le mieux, avec le plus d'assiduité, presque avec acharnement. Le soir, ils s'entraînaient à marcher sur une sangle tendue entre les pins noirs et l'angle de la grange. Goran leur avait donné un coup de main pour la mettre en place. Je suivais leurs évolutions, juste pour être dans la délicieuse dynamique du groupe, sans envie de m'y adonner. Je n'avais aucune prédisposition pour ce genre d'exercice qui m'asséchait la gorge et me flanquait des sueurs froides.

Au début du mois de juin, l'équipe a installé une autre sangle, dans le canyon, entre deux monolithes vertigineux. Malgré les essais incessants des uns et des autres, aucun ne parvenait à aller bien loin. C'était effrayant de voir le candidat funambule plonger lourdement dans l'abîme puis se démener pour rétablir son équilibre dans les puissants rebonds de la sangle. Pendu à sa corde de sécurité, ce n'était plus qu'un pantin dépourvu de grâce. Effrayant et fascinant à la fois. J'ai passé des heures à les regarder faire et, à la fin du mois de juillet, j'ai vu Luna se dresser sur le monolithe opposé. Elle a été la première à réaliser la traversée. Ça m'a rempli de fierté. Après une courte pause, elle est revenue vers nous. C'était quelque chose de la voir évoluer de face, de pouvoir disséquer chacun de ses gestes, de voir ses yeux clairs fixer je ne sais quoi, loin derrière nous, presque en état de transe. Elle portait, je m'en souviens, un short bleu vif que son baudrier avait troussé jusqu'à l'aine. Ses longues jambes ambrées se croisaient avec précaution pour avancer, dans un mouvement glissé, ses pieds nus sur la sangle. Ses bras à demi écartés et au bout ses doigts qui pianotaient sur l'azur pour régir son fragile équilibre. Luna ne m'est jamais apparue aussi belle qu'à cet instant-là. Une silhouette qui s'appariait merveilleusement avec l'abrupte aridité des lieux. Les gars et les filles ont exulté et la soirée a été très animée. Il faisait chaud et elle s'est étirée tard dans la nuit. La ferme n'avait pas connu pareille ferveur depuis longtemps. Dans la torpeur lascive de cette nuit d'été, Luna s'est éclipsée avec un type qui devait bien avoir une vingtaine d'années. Elle faisait souvent cordée avec lui. Zacharie était un fort grimpeur. Il était beau et il le savait. Des cheveux blonds et une allure féline. Il y avait toujours des filles qui lui tournaient autour, mais j'aurais préféré que ce ne soit pas Luna qui emporte l'affaire. J'aurais voulu lui crier qu'il était trop vieux pour elle. Au lieu de cela, je suis allé m'asseoir près de la tombe de Dobby. J'ai écouté le sifflet flûté et monotone d'un hibou petit duc avec un pincement au cœur. Le temps de nos bivouacs solitaires était si proche. Je pouvais encore sentir son corps endormi près de moi, les herbes sèches fichées dans son pull en laine. Luna était la chandelle qui tenait mes craintes à distance et m'invitait à goûter la quiétude des nuits d'été.

Quelques jours plus tard, Luna est partie. Je savais qu'elle ne me préviendrait pas. Que je le saurais le jour où je la verrais mettre son sac dans une voiture. À ce moment seulement. Fixer un jour sur un calendrier était une entrave à sa liberté. Elle ne l'avait pourtant pas choisi par hasard, c'était celui de la date anniversaire de la disparition de notre père. Un an s'était écoulé depuis notre terrible descente du canyon de la Tara et tout était si différent, si fragile depuis.

En partant, elle m'a dit :

— Tu diras à maman de ne pas m'attendre.

— T'attendre pour quoi ?

— Pour le mariage. Maman et Goran se marient dans quinze jours. Elle vient de me le dire.

Ça a été un choc de l'entendre dire ça.

— Merde ! Pourquoi elle fait ça ?

— Parce qu'elle est avec Goran et que ça doit bien l'arranger pour obtenir des papiers. Mais peut-être que je me trompe. Peut-être qu'elle a peur de se retrouver seule. Peut-être même qu'elle croit l'aimer ! Pourquoi tu ne m'as rien dit ? Tu n'as vraiment pas vu les choses se faire ?

— Si. Une fois ou deux sans doute.

— Pourquoi tu ne m'en as pas parlé ?

— Je ne sais pas. C'est Goran qui…

— Qui fait comme si tout ça était dans l'ordre des choses !

— Non. Bien sûr que non. Enfin j'en sais rien. C'est juste que ça fait bizarre, c'est tout. Tu sais, toi, ce qu'on serait devenus sans lui ?

— J'y pense souvent…

— Alors tu ne seras pas là ?

— Non, désolée, Tom. Aucune envie d'assister à ça !

J'ai lu dans son regard qu'elle allait m'embrasser, j'ai fait un pas vers elle, mais finalement elle s'est tournée. Luna est montée dans un fourgon couvert d'autocollants, comme des rustines.

— Vous allez où ?

La voiture a démarré. Elle a fait le tour de la cour

avant de s'engager sur le chemin, puis l'éphèbe blond qui était au volant a cru bon de lancer trois coups de klaxon, comme un navire quittant le quai. Luna n'a pas dit où elle allait et ça n'a semblé inquiéter personne d'autre que moi.

25

25 août 2007. Dès la sortie de la mairie, nous sommes allés boire un verre sur une terrasse qui dominait la rivière. Elle était calme à cet endroit. Il faisait chaud et il y avait du monde sur l'eau en cette fin de matinée. Il y a des dates que l'on aimerait pouvoir effacer des calendriers pour qu'elles n'aient jamais existé. Ce samedi est l'une d'elles. Dans le brouhaha des conversations, on entendait le bruit mat des canoës qui s'entrechoquaient et les déflagrations des baigneurs qui sautaient depuis les rochers bordant la rive. Maman avait les yeux cachés sous ses lunettes de soleil. Elle ne disait rien. Posée sur son épaule, sa main gauche jouait avec ses cheveux bouclés. Elle semblait un peu absente. Ses seins se dessinaient dans la transparence de son chemisier déjà largement ouvert et les deux amis de Goran qui avaient servi de témoin la reluquaient sans retenue. Je ne comprenais pas comment maman pouvait ne pas avoir conscience de ce genre de chose. Les types étaient expansifs et avaient dans leur façon d'être quelque chose de vulgaire. Je ne sais pas d'où Goran les sortait, nous ne les avions jamais vus avant ce jour. Ils s'évertuaient à vouloir donner un caractère festif à

une cérémonie qui avait été aussi brève que protocolaire. Goran avait officiellement remplacé notre père et ça me faisait mal. En ami, ça m'allait parfaitement. Je m'efforçais de penser que demain serait pareil à hier, en sachant bien qu'il devrait s'articuler avec cette nouvelle donne. Une sensation étrange m'est tombée dessus. La perception soudaine qu'une tragédie était en train de se jouer. Rien d'identifiable ou de palpable cependant. Une alarme qui nous exhorte à voir ce qu'on ne voit pas. Les bruits de la rivière s'étaient ennuagés, la lumière opacifiée. J'aurais aimé pouvoir me lever, mais j'étais certain que mes jambes ne me soutiendraient pas. J'ai fermé les yeux. Après quelques secondes, les clameurs des conversations et de l'eau dans les gorges ont retrouvé leur timbre premier. Quand je les ai rouverts, la première chose que j'ai vue c'est Goran qui me fixait en affichant son éternel sourire. Je lui en ai esquissé un en retour, je ne sais pas pourquoi, pour laisser entendre que tout allait bien et éviter les questions probablement, puis je me suis levé et j'ai marché le long du parapet qui dominait la rivière. J'aurais aimé que Luna soit avec nous, ou plutôt l'inverse, être avec Luna, loin d'ici.

Nous sommes remontés manger au camion. Des carrés d'agneaux et des tomates cuites sur le gril. Depuis que Luna et l'équipe de grimpeurs avaient pris leurs quartiers à la ferme, Goran avait pour habitude de faire un barbecue le week-end. Maman n'était jamais aussi rayonnante que dans ces moments de partage. Elle retrouvait une joie de vivre que je pensais à jamais disparue. Je me demandais comment Goran faisait pour acheter toute cette nourriture, jusqu'à ce que je le surprenne un soir avec une jeune brebis égorgée dans la benne de son pick-up. Il m'avait lancé par sa fenêtre ouverte « Le loup a encore frappé ! » et il était parti d'un éclat de rire. Il avait filé avec je ne sais où, et au retour il ne restait de la pauvre bête qu'un tas de morceaux aussi proprement découpés que s'ils étaient passés entre les mains d'un boucher.

En milieu d'après-midi, Goran et ses amis sont partis sans dire où ils allaient. Il n'est rentré que le lendemain, en fin de matinée. Maman lui a demandé ce qu'il avait fait de sa nuit et il a répondu de façon évasive. Elle était malheureuse, ça crevait les yeux qu'elle s'était posé des tas de questions durant cette nuit sans fin, et moi avec. Il l'a regardée sans plus d'aménité que ça, sans prononcer un mot d'apaisement, en affichant son sourire coutumier, avant de l'inviter à le rejoindre dans sa caravane. C'est ce qu'elle a fini par faire, après avoir tourné en rond une dizaine de minutes. Je ne sais pas ce qu'ils se sont dit, mais en préparant le repas de midi maman semblait avoir retrouvé l'entrain des jours passés.

Septembre est arrivé et Luna avec lui, trois jours seulement avant la rentrée. Trois petites journées pendant lesquelles Luna s'est montrée préoccupée et, pour tout dire, plutôt désagréable. Elle manifestait ostensiblement son hostilité envers Goran et cela éclaboussait maman. Elle en était affectée.

— Ma chérie, qu'est-ce qui ne va pas ? Tu es forte, intelligente, libre autant qu'on puisse l'être, alors qu'est-ce qui te manque ?

— Papa. Juste lui.

— Il nous manque à tous.

— C'est pas l'impression que ça me donne !

— Tu ne devrais pas dire des choses pareilles. Tu n'as pas le droit de me juger.

— Qu'est-ce que vous allez faire Goran et toi maintenant que vous êtes mariés ? Nous pondre un petit frère ou une petite sœur ?

Maman l'a observée avec tristesse.

— Je ne te reconnais plus, Luna.

— Personne ne reconnaît plus personne.

— Qu'est-ce qu'on t'a fait pour que tu nous détestes à ce point ? Tu passes ton temps à nous fuir.

J'étais venu prendre la défense de notre mère et Luna m'a lancé un regard surpris et attristé à la fois.

— Rien. Non, rien. Ce n'est pas vous, c'est moi.

Luna contenait ses larmes et ça me serrait le ventre.

— Ça va s'arranger, ma chérie.

— Pardon maman. Pardon pour tout... Quand même, tu n'as pas répondu à ma question.

— Je n'en sais encore rien, mais Goran dit qu'on ne va pas passer notre vie ici.

— Et vous comptez aller où ?

— Il a des amis à Lyon, alors peut-être bien qu'on ira là-bas un de ces jours.

— Il va nous falloir changer de lycée ?

— Rien n'est encore fait, ma chérie, c'est juste une idée.

— Et pour papa, on n'a pas de nouvelles ?

— De quoi tu parles, Luna ?

— Je me dis que, depuis le temps, quelqu'un a peut-être retrouvé quelque chose. Goran pourrait avoir des informations, s'il voulait se donner la peine d'appeler de temps en temps le restaurant ou les flics du coin.

— Goran a fait tout ce qu'il était possible de faire.

Ça ne sert à rien de s'en prendre à lui. Qu'est-ce que ça changerait ?

— J'en sais trop rien. Ça ferait quelque chose de lui à rapporter ici.

J'ai stupidement ajouté : « Quelque chose à enterrer. À côté de Dobby », et maman s'est mise à pleurer.

26

Des nuages gris s'étaient amoncelés sur l'horizon gibbeux avant de traverser le plateau par vagues cotonneuses poussées par un farouche vent de nord-ouest. Le soleil jouait avec leurs ombres caressant le causse et distillait une ensorcelante lumière jaune. Sur un tertre chauve, une horde de jeunes chevaux se chamaillaient. Ils hennissaient douloureusement, se cabraient, se balançaient des ruades dans les côtes sous le regard de leurs aînés qui semblaient marquer leur désapprobation en secouant leurs crinières de zèbre. Leurs ventres blancs attrapaient merveilleusement la lumière. Luna et moi les observions, tapis derrière un amas rocheux qui nous protégeait du vent. Nous nous enivrions des effluves fauves des chevaux roulés dans les herbes sèches par les turbulences du vent, des paysages que l'on peut regarder jusqu'à l'horizon sans que rien d'humain ne vienne troubler la vision. C'était Luna qui avait tenu à venir là. Elle m'avait entraîné avec elle, comme autrefois, et c'était terriblement bon. Ce jour était le dernier encore empreint des fragrances de notre adolescence. Le lendemain allait être celui qui nous éloignait l'un de l'autre. Luna allait retrouver son lycée et moi j'entrais en apprentissage chez un charpentier installé dans un village situé à une vingtaine de kilomètres au nord de la ferme. J'avais choisi la formation « Charpente et construction bois » parce qu'il me fallait choisir quelque chose. Ma dernière année de collège avait été catastrophique. Je n'arrivais pas à me concentrer sur les enseignements et une bonne partie des professeurs m'avait rangé dans la catégorie des élèves à l'esprit atone, pour ceux qui m'en prêtaient. La condescendance des professeurs pour les élèves qui ne suivent pas la même route qu'eux est troublante. Elle dit quelque chose de la marche du monde.

Luna m'avait affirmé que je me trompais, que je n'avais pas choisi ce métier par hasard. Je l'avais fait parce que c'est le charpentier qui pose le toit et qu'avoir un toit était une quête ancestrale. Qu'inconsciemment j'avais pris cette voie pour ça, pour protéger et mettre à l'abri ce qui restait de notre famille. Du Luna tout craché ! La vérité, c'est que je n'avais rien choisi du tout. Le collège en avait décidé ainsi pour moi en me disant que c'était ça ou le redoublement. Je n'avais aucune envie de retourner en cours. J'avais cependant fait miennes les paroles de Luna. Je me les étais répétées comme un mantra pendant des semaines, la nuit surtout, pour donner du sens à ce que je vivais. Pour ne pas avoir à me dire qu'avec plus d'assiduité au collège je l'aurais rejointe au lycée et que la vie aurait été plus douce.

J'ai commencé à travailler le lendemain. Je suis descendu dès six heures trente avec le scooter que Goran m'avait déniché. Il faisait froid. Je ne m'étais pas assez couvert et je n'avais pas pensé à prendre des gants. Des frissons parcouraient mon corps encore endormi et mes doigts étaient figés sur le guidon. Quelques volutes chaudes s'élevaient du moteur et se glissaient délicieusement dans mon pantalon que la position assise remontait au-dessus des chevilles. La route était étroite. Elle filait bien à plat sur le plateau bordé de grillage à moutons, longeait un champ de sainfoin puis traversait des bois de pins noirs. Une douce odeur de galipot succédait alors aux senteurs fécondes des herbes du champ. Avant de plonger vers le village installé au fond des gorges, j'avais coupé le moteur pour économiser de l'essence et laisser, dans le silence retrouvé, le magnétisme de la nature m'étreindre. Les canyons étaient partout. Ils entaillaient le territoire comme les montagnes le soulèvent. C'était fascinant. J'avais aimé ce moment, malgré l'inconnu stressant de ma nouvelle existence qui se profilait.

Ce fut rude. Après une rapide présentation à la dizaine d'employés, le patron m'a désigné l'équipe que je devais intégrer. Nous avons chargé tout un tas de planches dans une camionnette avant de filer sur un chantier. Je les ai déchargées seul pendant que les gars clouaient les voliges sur la charpente et ça m'a pris la matinée. Je n'aurais jamais imaginé devoir produire autant d'efforts. À midi j'étais épuisé. J'ai sorti un sandwich de mon sac et je suis allé m'installer sur le muret bordant la propriété. Les gars de l'équipe m'ont invité à les rejoindre. Ils m'ont posé deux questions : quel était le job de mon père et d'où je venais. Quand j'ai dit que papa s'était noyé dans un canyon l'année précédente, ils ont fait une grimace et n'ont pas attendu que je réponde à la seconde. Le type assis à côté de moi m'a donné une tape dans le dos et la conversation s'est orientée sur le cyclone qui frappait les Antilles et sur la météo à venir. Il y avait Pierre, un jeune gars rieur qui avait passé la matinée à chanter, Sule, qui devait avoir le même âge, originaire de Bosnie, c'est ce qu'il avait dit, mais j'aurais été bien incapable de situer ce pays sur une carte, Max, un ancien auquel il manquait deux doigts à la main droite, et puis Serge, le chef d'équipe. Un gars plutôt réservé. L'après-midi je suis monté sur le toit pour aider à la pose et ma démarche d'équilibriste m'a valu les sarcasmes des charpentiers. Serge m'a fait redescendre et nettoyer le chantier. En fin de journée, alors que le scooter peinait à remonter sur le plateau, je me disais que je ne tiendrais pas la semaine. Mes bras me faisaient mal, mes mains étaient en feu et redresser ma carcasse m'était douloureux tant les muscles de mon dos étaient tétanisés. Mais je me suis laissé griser par les arêtes montagneuses qui ourlaient langoureusement l'horizon, par la rivière qui miroitait comme un œil qui cligne à chaque virage en épingle et par les senteurs des buis. En débouchant sur le plateau, le causse baignait dans la lumière chaude qui précède le crépuscule. J'en avais les larmes aux yeux, mais sans doute était-ce dû au vent.

27

C'était un vendredi soir, une semaine avant la Toussaint. La nuit menaçait de tomber d'un instant à l'autre et ça ne me rassurait guère. Au moment de quitter l'atelier, mon scooter n'a pas voulu démarrer. J'ai démonté la bougie, je l'ai nettoyée, mais rien n'y a fait. Serge a dit : « Remonte-le chez lui » et il m'a aidé à charger mon engin dans la benne du fourgon. Sule était un gars peu bavard. Il m'a dit que son vrai prénom était Sulejman et qu'il était originaire de Sarajevo. Ça a été les seuls mots échangés pendant la demi-heure de trajet. Il n'y avait personne à la ferme. Je l'ai invité à boire une bière. Sule ne refusait jamais une bière. Il a été surpris par notre camion rouge et ses grosses lettres blanches. J'ai allumé la lampe extérieure.

— C'est là que tu habites ?

— Oui.

— Depuis longtemps ?

— Depuis toujours. Dans le camion, je veux dire. Mes parents faisaient les saisons.

— J'imagine que ton père avait l'intention de retaper la ferme, histoire de se poser quelque part. On a tous besoin de faire ça un jour.

— Il avait commencé à le faire. Goran a pris le relais, mais il a laissé tomber depuis un moment déjà.

— Je vois ça. C'est qui ?

— Ma mère s'est remariée avec lui cet été.

Sule terminait sa bière quand le pick-up est entré dans la cour. Goran est descendu de voiture, a sorti des sacs de provisions qu'il a donnés à ma mère, puis il a déchargé de la benne du pick-up des pneus d'hiver qu'il est allé entreposer dans la bergerie. En entrant, maman a lancé un bonjour, mais Sule ne lui a pas répondu. Il regardait Goran s'activer dans la lueur jaune qui éclairait la cour.

— Qu'est-ce qui t'est arrivé ?

— C'est mon scooter. Il est en panne. Sule m'a remonté.

— Merci, c'est vraiment très gentil à vous. La journée s'est bien passée ?

— Je dois y aller. Il ne faut pas que je traîne.

Sule a filé sans même prendre le temps de saluer Goran. Les feux arrière de la camionnette s'estompaient déjà quand il est entré.

— C'était qui ?

— Un gars de l'équipe qui m'a remonté. Il va falloir que je m'occupe du scooter demain, il n'a pas voulu démarrer. Tu pourras regarder ça avec moi ?

— Une autre fois peut-être. Nous partons demain matin.

— Comment ça, vous partez ?

— Ta mère ne t'a rien dit ? Tu ne lui as rien dit, Mily ?

Maman a secoué négativement la tête.

— Je m'associe à un copain qui gère une boîte de sécurité à Lyon.

J'ai regardé Goran droit dans les yeux pour être bien certain qu'il ne blaguait pas, mais ses yeux sombres disaient la même chose, plus sèchement peut-être, c'est l'impression que ça m'a fait.

— Et moi ? Je suis censé faire quoi ?

— Tu sauras te débrouiller.

— Mais il est seulement apprenti, ce n'est pas encore un vrai travail.

— C'est une situation provisoire, le temps de s'organiser.

— Oui, c'est ça, Tom, c'est juste le temps qu'on s'organise.

— Je me débrouillerai, maman, te fais pas de bile pour ça.

— Tu le diras à Luna aussi. Je ne sais pas pourquoi elle ne rentre plus. J'ai appelé le lycée ce mois-ci. Ils m'ont dit que tout allait bien.

Nous avons dîné dans un silence pesant, puis Goran et maman sont allés dans la caravane. Je me demandais si c'était ça la vie. Empiler les mauvais coups, les désillusions et les ennuis jour après jour, mois après mois, et de ce belvédère branlant et fangeux chercher Luna du regard et ne distinguer que la silhouette mouvante de notre mère dans la lumière dansante et bleutée d'une télévision.

Le lendemain matin, Goran m'a déposé à la ville avec mon scooter. C'était sur leur route. Puis ils ont filé. Maman n'était pas descendue de voiture. Je l'ai regardée s'éloigner, sans un signe, sans un regard pardessus son épaule. Elle se laissait porter par Goran, sans conviction, sans résistance. Je suis allé poser mon engin chez le concessionnaire. Il m'a dit qu'il allait regarder ce qu'il pouvait faire, de repasser le mardi suivant. Je lui ai dit que je ne pouvais pas attendre, que j'en avais vraiment besoin. Il m'a répondu que je pouvais toujours passer le lundi soir, mais qu'il ne me promettait rien. J'étais déconcerté, sans mon scooter je me sentais vulnérable. J'ai erré dans la ville sans pouvoir mettre de l'ordre dans mes idées. En passant devant une cabine téléphonique, j'ai pensé appeler Sule, pour lui demander s'il pouvait venir me chercher le lundi matin. C'était ma dernière semaine avant la fin du mois et c'était celle où le patron me donnait, dans une averse de remontrances propres à annihiler toute motivation, les quatre cent cinquante euros du mois. Après les vacances de la Toussaint, je devais passer trois semaines à l'école. J'avais besoin de cet argent et n'avais pas l'intention de lui donner l'occasion de retirer le moindre billet.

La voix de Sule était étrange et il ne semblait pas être dans de bonnes dispositions. J'avais pensé que je dérangeais et je le lui avais dit.

— Je n'ai pas fermé l'œil de la nuit.

— Tu es allé chasser hier soir ?

Je n'avais pas aimé dire ça, Luna aurait détesté que je le fasse, mais c'était une de ses expressions quand il parlait de ses sorties dans les bars de nuit et il m'avait semblé que ça pouvait être un moyen de se rapprocher.

— Qu'est-ce que ça peut bien te foutre ? Dis-moi plutôt où ta mère a dégoté ce type.

— Quel type ?

— Celui qui était là hier soir.

— Goran ?

— Tu connais son nom de famille ?

— Bien sûr. Pourquoi tu me demandes ça ?

— Putain, tu vas me dire comment il s'appelle ?

— Coban. Goran Coban.

— Tu sais qui il est ? Tu sais d'où il vient ?

— C'est un copain à mon père. Il vient du Monténégro.

— Tu ferais bien de dire à ta mère de s'éloigner de lui.

— Qu'est-ce qui se passe, Sule, pourquoi tu t'énerves comme ça ?

— Cette ordure a ruiné ma vie et tu peux en ajouter des milliers d'autres.

— Je ne vois pas ce qu'il serait allé faire dans ta vie.

— Tu fais quoi en ce moment ?

— J'ai posé mon scooter chez le concessionnaire de Millau.

— Tu es tout seul ?

— Ma mère et Goran sont partis pour Lyon ce matin.

— OK, tu sais où se trouve le pont submersible ?

— Non, mais j'en vois un pas loin, de pont.

— Il est comment, avec des arches en pierres ?

— En béton.

— Attends-moi là, je passe te prendre.

Je suis allé m'asseoir sur un parapet et j'ai regardé la rivière. Il y avait peu de courant. Une légère odeur de vase s'élevait jusqu'à moi. Les rives étaient peuplées de robiniers dans lesquels s'ébattaient des volées de moineaux. Il y avait de la circulation et le vrombissement des moteurs m'étourdissait. Je ne savais pas quoi penser des propos de Sule. Je me demandais où était Luna, à quoi elle occupait son week-end, si elle était partie grimper, ce qui devait probablement être le cas.

Il me tardait de l'appeler, mais je savais que je n'avais aucune chance de la joindre avant le lundi soir.

Sule est arrivé avant que j'aie réellement eu le temps de l'attendre. Sa voiture, une Subaru, était un bolide. C'était étonnant de le voir un samedi. Sur les chantiers nous n'échangions que quelques mots. Je n'étais qu'un gamin. Ça me faisait désagréablement penser aux journées de travail. Nous avons roulé un long moment, vite, très vite. Le son du moteur était obsédant. J'ai fini par lui demander où nous allions.

— J'en sais rien, mais il faut que je te dise quelque chose.

— Sur Goran ? Tu connais Goran ?

— Je sais qui il est.

— Qu'est-ce que tu veux dire ?

— C'est un Serbe, un putain d'enfoiré de Serbe. Un criminel. Il a tué mon père et mon frère. Je le sais, je l'ai vu les emmener et on ne les a jamais revus. J'avais douze ans, mais je n'oublierai jamais sa sale gueule. Ni les cris de ma mère, de toutes les mères, de tous les enfants, de toutes les femmes de l'immeuble. Il a assassiné des tas de gens, tu ne peux pas te rendre compte du mal qu'il a fait.

— Je ne comprends rien à ce que tu dis.

— La guerre n'est pas finie. Pour moi elle est encore là.

Il se frappait la poitrine.

— Tu dois confondre avec quelqu'un d'autre.

— Ce type faisait partie d'un escadron de la mort. Des gars l'ont vu découper un jeune garçon pendu à un crochet de boucher, à la tronçonneuse. Devant son père.

Ils voulaient nous exterminer, nous, les Bosniaques, tous les musulmans du pays. Ils violaient, torturaient !

— Merde, arrête-toi !

Sule me faisait peur, il n'était plus lui-même. Il était agité et ne faisait plus attention à la route. On a croisé un camion et je ne sais pas comment la voiture a réussi à se faufiler dans le trou de souris qui restait entre lui et la falaise bordant la route.

— Arrête-toi, s'il te plaît. Il faut que tu t'arrêtes, sinon on va se tuer.

La voiture a filé à une vitesse folle pendant encore quelques minutes, puis elle s'est immobilisée sur un terre-plein dans un long dérapage et un nuage de poussière jaune. Quand il s'est dissipé, Sule m'a dit : « C'est un membre des Scorpions, quelques-uns ont été arrêtés. Son tour viendra, dis-lui bien ça, que son tour viendra, que le jour de son jugement je serai là et que ce jour-là n'est plus très éloigné. Maintenant tire-toi, je te jure, tire-toi. » Et c'est ce que j'ai fait. Je crois bien qu'il refrénait une furieuse envie de me cogner.

28

La rivière faisait un coude et une large bande de galets s'était déposée à l'intérieur de l'arc. J'y suis descendu. J'ai marché sur la frange herbeuse de la rive et suivi, sans bien y réfléchir, le vol paisible de deux demoiselles bleues qui profitaient des douceurs de l'automne. Elles furetaient dans les herbes hautes, se posaient quelques secondes sur une feuille en regroupant leurs longues ailes de dentelle et repartaient de concert en allongeant leurs corps effilés comme une brindille. Elles ont ensuite changé de rive en rasant la surface des flots. Je les enviais. Elles survolaient sereinement le monde en ne lui concédant que de brefs contacts. J'ai laissé mes empreintes dans les sables limoneux en tentant quelques ricochets. L'odeur organique de la rivière m'a saisi. Elle m'a immédiatement propulsé dans le canyon de la Tara. Papa sanglait les sacs sur le raft et il me faisait signe d'approcher. Son visage tanné par le soleil d'hiver et l'altitude contrastait avec la blancheur de son cou et de ses bras « blancs comme une merde de pigeon ». C'était son expression. Il avait une musculature fine et tonique. J'ai enlevé mon T-shirt pour qu'il me voie. Les semaines d'effort m'avaient fait perdre quelques rondeurs et mes épaules s'étaient élargies. Il a levé le pouce. Plus je m'approchais de lui, plus il s'enfonçait dans la rivière. Je me suis arrêté et je lui ai demandé ce qui s'était passé dans le canyon, mais il ne semblait pas m'entendre. J'ai fait quelques pas et je lui ai crié : « Qu'est-ce qui s'est passé, papa ? » Il a sauté dans le raft et a disparu en quelques coups de pagaie. Mon cœur battait comme les tambours du Bronx et ça me faisait le même effet dans les oreilles. Je me suis allongé et j'ai fermé les yeux, mais j'ai été effrayé par les luttes qui se cachaient derrière la pénombre de mes paupières. Je me suis assis. Je préférais la lumière à l'obscurité. Au bord de l'eau, de petites taches jaune et gris sautillaient. Des bergeronnettes qui grappillaient je ne sais quoi. Je me souviens de m'être dit que la vie avait des couleurs et que j'aurais aimé que la mienne en ait un peu plus.

J'étais perplexe quant à l'histoire racontée par Sule, mais je ne voyais pas bien pourquoi il l'aurait inventée. Le plus probable était qu'il se trompait de personne, qu'à trop croiser ce type dans ses cauchemars il pensait le reconnaître à chaque coin de rue. Tout de même, ça m'avait sacrément secoué. Je suis remonté jusqu'à la route et j'ai fait du stop pour rentrer.

Je me suis arrêté à la supérette pour m'acheter à manger, puis j'ai eu l'idée d'aller voir à la médiathèque ce que je pouvais trouver sur la guerre des Balkans. J'ai trouvé des photos de charniers repoussantes, de villes bombardées. Des portraits de militaires recherchés pour crimes de guerre, avec, comme dans les westerns, une prime pour leurs captures. Ceux-ci devaient être particulièrement importants parce qu'elle s'élevait à cinq millions de dollars. Il était question d'épuration ethnique, de viols, de milices, d'exodes. Les Scorpions étaient cités. Je commençais à me représenter ce que Sule avait évoqué, mais je ne voyais pas le lien avec Goran. Il avait fait cette guerre, c'est ce qu'il avait laissé entendre à Lisbeth, mais ça ne faisait pas de lui un criminel.

Je suis remonté à pied par un sentier que j'avais déniché. Rien ne me pressait. Il passait près d'étranges structures calcaires ruiniformes. L'endroit était habité par des dizaines de vautours que j'ai observés planer au-dessus du canyon. Je ne les regardais pas d'un bon œil, à cause de Dobby, mais c'était le cycle de la vie, de la leur en tout cas. Le ballet s'est pourtant révélé apaisant et j'ai poursuivi la montée plus serein. Je suis arrivé à la ferme à la nuit tombante. Il y avait de la lumière dans la caravane de Goran, mais pas de voiture dans la cour. J'ai d'abord été surpris, puis j'ai pressé le pas, certain que maman était revenue, qu'elle avait changé d'avis, et ça m'a fait sourire. La porte était entrouverte. Je l'ai poussée. Il y avait deux types à l'intérieur. Tout était sens dessus dessous. Je suis resté figé quelques secondes et, avant d'avoir le temps de prononcer le moindre mot, l'un d'eux m'a agrippé par les cheveux. Il m'a tiré à l'intérieur et a refermé la porte d'un coup de pied.

— T'en as mis du temps à rentrer !

J'ai levé les yeux sur le gars qui me faisait face.

— Sule, qu'est-ce que tu fais là ?

— Fais pas chier, Tom, tu sais très bien ce que je cherche.

— Goran n'est pas là, il est parti, je te l'ai déjà dit !

— C'est bien pour ça qu'on est là. On va avoir besoin de toi.

Le gars qui me tenait par les cheveux m'a lâché et je me suis redressé. C'était un type avec une barbe de dix jours et un regard qu'on aimerait ne jamais avoir croisé. Il a dit quelque chose à Sule sans que je puisse comprendre le moindre mot et il lui a répondu d'un hochement de tête.

— Il faudrait que tu nous en dises un peu plus.

— Sur quoi ?

— Que tu nous donnes son adresse par exemple.

— Son adresse, c'est ici.

Il m'a frappé sur l'oreille droite et le coup m'a déséquilibré. Je me suis écroulé sur la table qui s'est déboîtée sous mon poids et l'angle m'est rentré dans les côtes. J'ai passé une main sur mon oreille, elle saignait et une vive douleur perforait mon œil droit. J'ai soudainement eu terriblement peur. Une peur qui résonnait avec ce que j'avais vu à la médiathèque, une peur qui m'assommait autant que le coup reçu.

— Je ne sais pas pourquoi vous faites ça. Je t'ai déjà dit ce que je savais de Goran. Pourquoi vous n'allez pas voir les flics si ce que tu dis est vrai ?

— Parce qu'ils ne savent rien de la guerre. Rien. Et puis nous, les Bosniaques, ils nous aiment pas trop. Dis-nous pourquoi vous êtes venus ici, si ce n'est pas pour vous planquer !

— On ne se cache pas. Je te jure qu'on ne se cache pas. Après la mort de mon père, on est venus ici parce que ça appartient à ma mère.

— Tu n'as jamais entendu parler d'une cassette ?

— Non, j'ai entendu parler de rien, je te jure que je ne sais rien.

— Putain, arrête de jurer !

La brute m'a tiré par le bras pour me lever. Il l'a replié dans mon dos. Une torsion pour laquelle il n'a jamais été prévu. J'ai hurlé. Puis il a appuyé ma tête sur la banquette. Son genou entre mes omoplates me brisait la colonne vertébrale. J'ai suffoqué.

— Tu n'as vraiment jamais entendu parler d'une cassette ?

Je ne pouvais rien répondre, pas même réfléchir. Quand le type a relâché son étreinte, Sule a reposé sa question. J'étais essoufflé et à bout de nerfs.

— Une cassette de quoi ?

— Y a des tas de gens qui disent que les Scorpions filmaient ce qu'ils faisaient. Des rescapés qui ont miraculeusement échappé aux massacres. Alors on se dit que Goran en a peut-être bien une planquée ici.

— Pourquoi il ferait ça ?

— Va savoir. Pour négocier quelque chose en échange peut-être bien, si les choses venaient à mal tourner. Y a du monde qui aimerait mettre la main dessus. Les Tigres d'Arkan faisaient ça eux aussi.

— Et cette adresse, tu nous la donnes ?

— Ils sont probablement allés chez des amis de Goran, mais ils ne m'ont pas donné d'adresse, rien, pas de téléphone non plus.

Je m'attendais à recevoir une pluie de coups, mais Sule et l'autre type ont fini de retourner ce qui pouvait encore l'être. Ils ont arraché les cloisons de la douche, des toilettes, ils passaient leur rage plus qu'ils ne fouillaient, puis ils se sont assis.

— Tu as des photos ?

— Non, je n'ai pas de photos.

— Le mariage ?

— Il n'y avait que deux témoins et moi. Personne n'a fait de photos.

— C'était un mariage blanc.

— Non, un mariage tout simple.

— Tu crois vraiment ça ? Des mecs comme lui ne laissent aucune place au hasard. Faut vraiment être des connards de clodos comme vous pour ne pas le voir ! C'est même sûrement pour ça qu'il vous a choisis.

Ses paroles m'ont blessé. Elles m'ont troublé aussi. Étrangement.

— Si tu nous as caché quelque chose, on saura te retrouver.

Le type barbu a ajouté quelque chose. Sule a traduit :

— Il dit que la guerre, c'est comme ça !

Je les ai regardés contourner la ferme, puis j'ai entendu le moteur d'une voiture. J'ai attendu que ses feux s'éteignent dans la nuit pour rejoindre le camion. J'ai bu un verre d'eau, attrapé une couverture et je suis allé tenir compagnie à Dobby.

29

J'ai passé le week-end à craindre le retour de Sule et à regarder avec amertume la caravane dévastée de Goran en me demandant si une nouvelle calamité ne nous avait pas été inoculée en même temps que la mort de notre père. Si celle-ci n'avait pas couvé sournoisement en attendant le moment propice pour se développer et que ce moment était arrivé. Mon bras me faisait souffrir, mais il n'y avait rien de cassé. Mon œil droit avait gonflé et virait au bleu nuit. Dès l'aube le lundi matin, j'ai attrapé le bus scolaire pour descendre au village. Le chauffeur n'a pas fait de difficulté. Il m'a demandé ce qui était arrivé à mon œil et m'a conseillé de filer chez le médecin. Ensuite j'ai marché le long de la route avec mon casque sous le bras. Dans l'ombre des gorges il faisait froid. Les campings bordant le Tarn étaient déserts à cette époque de l'année. Les robiniers bruissaient en chorale avec la rivière et laissaient échapper de leur ramure des poignées de feuilles rondes et or. Des tas de canoës rouge et jaune, abandonnés sur des terre-pleins, parachevaient l'état de prostration préhivernal. Après quelques kilomètres, j'ai tendu le pouce et un camion m'a emmené jusqu'à la ville. J'ai attendu Luna devant le lycée. J'avais laissé un message à son attention. Elle est sortie à midi avec ses amis et elle m'a cherché du regard.

— Qu'est-ce que tu fais là ?

— Il faut que je te parle.

— Qu'est-ce qui t'est arrivé ? Tu t'es battu ?

— C'est presque ça.

— Il y a quelque chose qui ne va pas ?

— C'est peut-être bien pire que ça.

Elle a froncé les sourcils puis a lancé à l'intention de ses amis qu'elle les retrouverait plus tard.

— Des focaccias, ça te dit? Il y a une boulangerie pas loin qui en vend d'excellentes.

Je l'ai suivie et en chemin je lui ai raconté mes rencontres avec Sule. Luna était perplexe. Nous avons acheté nos focaccias et sommes allés nous installer au soleil. Elles avaient cette douce odeur de pâte chaude et d'huile d'olive. J'ai regardé Luna. Elle était pensive. Je savais à quoi elle pensait. L'odeur nous avait projetés sur la route qui nous avait fait remonter l'Italie après l'accident dans le canyon. Elle n'avait pas choisi cette spécialité par hasard.

— J'imagine que, si tout ça était vrai, il serait recherché. Pourquoi ce Sule s'en prend-il à toi ? Il n'a qu'à aller voir les flics.

— C'est ce que je lui ai dit. Il dit aussi que le mariage de maman est bidon, que Goran cherche juste à obtenir la nationalité française et qu'on est vraiment trop cons de n'avoir rien vu.

— J'ai pensé ça moi aussi. Et alors ? Qu'est-ce que ça peut bien lui foutre ? Maman est libre de faire ce qu'elle veut. Tu es allé les voir, toi, les flics ?

— Non, je n'y ai même pas pensé. Ça n'avancerait à rien. Mais il faut qu'on en parle à maman. Et à Goran aussi, je crois.

— Tu sais où ils sont ?

— Aucune idée. Maman a dit qu'il fallait qu'ils s'organisent.

— Je suis sûre que Goran a en tête de récupérer l'appartement de maman. Il va s'arranger pour virer les locataires, tu verras ce que je te dis.

— Merde, Luna, t'es en train de tenir le même discours que Sule !

— Je n'aime pas l'idée que maman soit avec Goran après ce qui s'est passé. Je pense aussi qu'il a su se faire aimer d'elle, se rendre indispensable, que ce mariage l'arrange bien. Peut-être que je me trompe sur toute la ligne. Ça ne ferait de toute façon pas de lui un criminel. On leur parlera de ce que ce mec t'a dit, quand ils reviendront. On verra bien ce qu'en pense Goran ! Et ton apprentissage ?

— Je ne retournerai pas là-bas.

— Je peux comprendre ! Tu comptes faire quoi ?

— J'en sais trop rien.

— On a prévu d'aller grimper dans les calanques à la Toussaint. On pourrait se retrouver chez Lisbeth samedi prochain !

— C'est qui « on », c'est Zacharie ?

— Non, on ne se voit plus.

— Je ne sais pas où elle habite.

— Je le sais, elle m'a invitée à passer une semaine chez elle. Je vais t'expliquer. Elle sera ravie de te voir. Je t'aurais bien proposé de venir avec nous, mais il n'y a que trois places dans le fourgon de Tancrède et je ne peux pas demander à Paul de se désister maintenant, tu comprends. C'est vraiment pas pratique de ne pas pouvoir te contacter. Je me demande pourquoi le téléphone n'a pas été installé en même temps que l'électricité ?

— C'est pas un problème, te fais pas de bile pour ça, je vais me débrouiller.

J'avais souvenir d'avoir sorti une phrase semblable à notre mère peu de temps auparavant. J'en étais arrivé là, mentir pour me rassurer, pour déculpabiliser mes proches et cacher le désarroi qui me rongeait. Je me suis dit qu'un jour il faudrait que je me fasse un T-shirt avec cette phrase écrite dessus comme une maxime.

— Je vais me renseigner sur ce que t'a dit Sule. Peut-être bien que je pourrais trouver quelque chose au lycée. J'en parlerai aux profs.

J'ai quitté Luna avec regret et je suis allé prendre des nouvelles de mon scooter. Le gars m'a dit qu'il serait bientôt prêt, que c'était le fil de l'antiparasite qui faisait masse. Je n'ai rien compris à l'explication, mais je lui ai demandé de me montrer ce qui ne fonctionnait pas et le gars a fait ça de bonne grâce. Le retour a été un vrai plaisir. J'adorais la liberté que m'offrait cet engin et la perspective de passer des vacances avec Luna me rendait euphorique. En chemin, je me suis demandé comment j'allais bien pouvoir faire pour me rendre à Marseille. Au fil des kilomètres, le scooter s'est imposé à moi comme une évidence.

Le mardi matin je suis retourné chez mon maître d'apprentissage. J'avais vraiment besoin d'argent et peut-être aussi de faire face à Sule. Je n'en menais pas large. J'ai expliqué au patron que j'étais tombé avec mon scooter. Mon œil plaidait pour moi. Il m'a demandé s'il avait été abîmé dans la chute, puis il m'a sermonné parce que je ne l'avais pas prévenu. Sule n'a fait aucun commentaire. Le vendredi soir j'ai récupéré mon argent, mais je savais que ce n'était pas la seule chose que j'étais venu chercher. J'en ai tiré une force et une confiance en moi sur lesquelles je m'appuie encore aujourd'hui.

Le samedi matin, il pleuvait par averses. Il n'était pas question de faire le trajet dans ces conditions. Le dimanche a été tout aussi maussade.

J'ai passé le week-end à arpenter le causse pour tromper mon impatience. À observer les chevaux sauvages aussi. J'aimais cette sorte d'intimité originelle qui me faisait tant de bien. Un soir, en traînant du côté de la plantation de pins de Goran, j'ai remarqué que la plupart des jeunes plants avaient perdu leurs aiguilles. Je n'y avais pas prêté attention avant. Les autres n'étaient guère plus vaillants. On avait beau être en automne, c'était tout sauf normal. J'ai tiré sur l'un d'eux : il n'avait pas de racines. J'en ai déplanté une dizaine d'autres. C'était juste des morceaux de branches, des boutures sommairement fichées dans le sol aride. Il n'y avait que peu de chance de les voir se développer un jour. Aucune en fait. Goran n'avait fait que singer le berger de Giono pour attirer la faveur de maman et ça m'a flanqué un sale coup.

30

Je suis arrivé chez Lisbeth en toute fin de journée. Elle habitait une sorte de bout du monde situé à une centaine de mètres de la mer. À peine avait-on quitté la ville que l'on empruntait une route étroite perchée sur l'austère côte accore du littoral. Elle filait à travers un désert minéral blanc comme un os de seiche, dominant les flots d'où émergeaient quelques îlots saillants. C'était un lieu inespéré. Un endroit qui lui ressemblait, c'est ce que je m'étais dit. Sur le port lilliputien, de petites maisons étaient collées les unes aux autres, bien ancrées sur les rochers, avec des embarcations en pagaille hissées sur la rive abrupte. Il y régnait un gentil désordre. Sa maison était située au fond du vallon, dominée par d'immenses falaises blanches. Partout autour, la garrigue tentait de faire bonne figure au milieu des rocailles. Son odeur chaude, diluée dans celle de la mer, était délicieusement musquée. J'ai aperçu Luna. Elle m'a fait un signe de main. C'est agréable d'être attendu quelque part. J'ai posé mon scooter contre un pin d'Alep qui tournait le dos à la mer et Luna m'a entraîné chez Lisbeth. Elle habitait une petite maison aux volets verts. Nous l'avons contournée en passant sous une treille qui abritait sa caravane. Derrière, deux gars étaient assis sur un muret qui semblait avoir été érigé là pour tempérer les ardeurs conquérantes d'un pierrier qui s'étendait loin dans le vallon. Ils m'ont salué amicalement et Luna a crié par une fenêtre ouverte : « Tom est arrivé ! » Lisbeth a fait son apparition peu de temps après et c'était vraiment bon de la revoir. Nous avons parlé de maman, de Goran, du mariage, pendant que Luna et ses amis étaient plongés dans un topo d'escalade. Nous avons parlé de Sule bien sûr, mais Luna lui avait déjà tout raconté ou presque.

— Je suis inquiète, Tom.

— Tu veux dire que tu crois à cette histoire ?

— Ce n'est pas exactement comme ça que je vois les choses. Il ne faut pas juger Goran sur les propos accusateurs de ce garçon. Il n'a entraperçu Goran que deux minutes à la nuit tombante, si j'ai bien compris. Toute sa famille doit nourrir une haine féroce contre ceux qui les ont persécutés. Je peux comprendre ça. Mais tous les Serbes ne sont pas responsables des exactions des militaires et des milices armées. Il faut se montrer très prudent. Il faut des preuves pour accuser quelqu'un, surtout de faits aussi terribles. Non, je suis inquiète parce qu'il ne faudrait pas que Mily soit affectée par une nouvelle épreuve. Voilà ce que je pense, Tom, mais je sais aussi que l'improbable est parfois possible.

— Un jour ou l'autre il repassera chercher sa caravane, ou seulement récupérer des affaires. Il faudra bien que je lui raconte ce qui est arrivé.

— Oui, sans doute, mais ce jour-là il vaudrait mieux que Mily ne soit pas là pour l'entendre. Son Être pourrait se diluer dans des pensées parasites et c'est alors que s'installent le dysfonctionnement, la souffrance et le chagrin.

Nous sommes montés tous ensemble au sommet d'une colline qui exhibait un vétuste bâtiment tagué de toutes parts. Marcher m'a fait du bien après les huit heures de route. Nous avons été accueillis par un vent froid qui soufflait fort et un horizon parfaitement dégagé. Le regard était immédiatement attiré par la mer, par des îles frangées d'un ruban d'écume et par la minuscule calanque en contrebas. Sous l'arête, des agaves déployaient leurs feuilles charnues et élancées à l'abri du vent. Nous sommes allés nous asseoir près d'eux. Luna s'est blottie contre Tancrède et elle m'a invité à m'asseoir près d'eux. Elle m'a montré du doigt les parois qu'elle avait gravies les jours précédents. J'ai remarqué ses mains, ses articulations noueuses comme des serres de rapaces, ses ongles rongés par la rugosité des rochers. Elle s'était façonné un physique en rapport avec sa passion, à moins que ce ne soit l'inverse. Elle était rayonnante avec ses yeux pétillant d'enthousiasme et d'impatience. « Luna est ce que j'ai de plus précieux sur cette terre. » C'est ce que j'ai pensé, là, à cet instant, face à la mer. Quand les lumières du village se sont allumées, nous sommes descendus manger.

Pendant la nuit j'ai entendu la mer s'agiter contre les rochers. J'ai écouté le vent dans le pin et dans la garrigue. Je l'imaginais se faufiler entre les parois vertigineuses des éperons rocheux, franchir des cols, caresser les vagues et s'éloigner vers des contrées inconnues. Il fredonnait une invitation au voyage. Je me demandais si celui qui donnait de la voix était le même que celui qui avait soufflé dans le canyon de la Tara. S'il était possible qu'il ait glissé sur nos peaux, qu'il ait conservé quelques molécules de celle de notre père. Je me suis endormi avec cette idée. Il devait être à peine quatre heures quand je me suis réveillé. Je sortais d'un rêve étrange. J'avais embarqué dans le canoë d'Ed et Lewis, des gars du livre *Délivrance*, sur les eaux de la Cahulawassee. On avait du mal à rester à flot dans les rapides, mais je faisais bien gaffe que l'arc à poulies et le carquois que Lewis m'avait confiés ne passent pas à l'eau. Puis il y avait eu des coups de feu et, dans mon rêve, le gars qui nous tirait dessus depuis le sommet des gorges avait les traits de Goran. J'ai eu du mal à retrouver le sommeil.

Le lendemain, le mistral soufflait toujours. Luna et ses amis avaient choisi de grimper à l'abri du vent et Lisbeth leur avait conseillé un coin parfait pour ça. Je les ai accompagnés. Nous avons suivi le sentier qui longeait la côte pendant un bon moment, puis nous l'avons quitté pour suivre une sente qui s'engageait sur une étroite corniche très aérienne. Plus loin, un câble à demeure aidait à franchir un passage qui surplombait la mer d'une hauteur vertigineuse. « Ne regarde pas en bas », m'a lancé Luna, puis elle a ajouté : « Fais gaffe où tu mets les pieds. » De fait, je ne voyais pas bien comment je pouvais regarder où les poser et ignorer l'abîme. Je n'ai pas aimé ce passage et je redoutais déjà le retour. Nous avons enfin rejoint la calanque abritée. Luna et ses amis se sont engagés sur un beau pilier gris et blanc. J'ai suivi leur ascension pendant un long moment, puis je suis descendu jusqu'à la mer. Dans une grotte, j'ai découvert un étrange édifice en pierres maçonnées. J'avais pensé interroger Lisbeth à ce sujet, mais je n'ai pas eu l'occasion de le faire.

Quand je suis remonté au départ de la voie, Luna et ses amis étaient suspendus au milieu de la paroi. Ils avaient tiré le premier rappel et s'apprêtaient à en faire un second qui devait les ramener sur la terre ferme.

Nous avons mangé au soleil et l'après-midi j'ai grimpé avec Luna. Elle m'a emmené dans des voies assez simples. Des itinéraires qui me permettaient d'appréhender doucement le vide. J'ai goûté au plaisir d'être suspendu entre ciel et mer. D'être encordé avec elle. Luna grimpait avec une agilité déconcertante, une maîtrise rassurante. Aujourd'hui encore je me souviens avec acuité de chaque minute passée avec elle sur les falaises, de chacune des phrases échangées.

Nous sommes rentrés à la nuit tombante. Lisbeth avait préparé un plat de pâtes avec de la rouille et du poisson. C'était agréable de manger tous ensemble. Luna riait en m'entendant relater nos ascensions et ça a été ainsi chaque soir. L'avant-veille du départ, Lisbeth nous a dit que notre mère avait appelé.

— Génial ! Elle va rappeler ce soir ?

— Pas ce soir, je ne pense pas. Ils sont logés chez des amis de Goran le temps que les locataires de votre mère libèrent l'appartement. Elle va être très occupée les jours à venir. Elle veut que tout soit prêt.

— Prêt pour quoi ?

— Pour vous accueillir. L'appartement est grand. Elle a déjà fait les démarches concernant votre scolarité.

Luna a blêmi. Ses yeux rieurs se sont éteints en une fraction de seconde.

— Merde, pourquoi elle fait ça ?

— Toutes les mères feraient la même chose, Luna.

— Papa et elle n'ont jamais fait les choses comme

les autres. Elle se marie, elle fait ce qu'elle veut, mais elle ne me mêle pas à ça !

— Je n'y suis pour rien.

— Dis-lui qu'elle ne peut pas me changer de lycée comme ça !

— C'est aussi une question d'argent probablement. Tu ne seras pas obligée d'être en pension.

— Je me débrouillerai. Toi, elle t'écoutera.

— C'est avec elle que tu devrais discuter de ça, Luna.

— Alors on est perdus !

— Pourquoi tu dis ça ?

— Parce que maintenant, c'est Goran qui décide ; Lyon, l'appartement, le mariage, il décide de tout.

Luna s'est levée de table, a repoussé posément sa chaise et est sortie. Tancrède l'a suivie. J'étais dépité par la tournure que prenaient les choses. Je suis sorti à leur suite. Ils s'étaient évaporés dans la nuit.

Le lendemain matin, Luna, Tancrède et Paul n'étaient plus là. Il n'y avait que le vent, électrisant l'air, secouant avec acharnement le pauvre pin pour lui faire entendre je ne sais quoi. Je suis descendu sur le port. L'ambiance y était étrange, le mistral régnait partout en maître. Une angoisse sourde, un douloureux sentiment d'abandon me martelait les tempes comme le ressac sur les rochers. Je ne savais pas précisément ce que Luna avait en tête, mais je savais déjà qu'elle n'irait pas à Lyon. Je suis remonté chez Lisbeth en courant, j'ai pris mon sac et j'ai fui ce que je croyais pouvoir fuir.

31

J'ai passé le reste des vacances à frotter le camion jusqu'à ce qu'il retrouve sa belle couleur rouge, à lustrer les lettres blanches de « Cirque Baldoni ». À bricoler sa mécanique aussi. J'ai rechargé la batterie, graissé les essieux et la crémaillère de direction. J'ai dérouillé le moteur en le faisant tourner de temps à autre. C'était ensorcelant que de m'asseoir au volant et d'entendre le brutal fracas de ses montées en régime sous la pression de mon pied droit. Il aurait suffi que je débranche l'eau et le câble électrique pour qu'il soit prêt à partir. J'ai fait ça sous les conseils de papa. J'aurais pu le faire les yeux fermés, mais je préférais l'avoir à côté de moi et lui poser des questions. Nous avons parlé de Luna, de maman, de Goran aussi, mais il n'en savait pas plus que nous sur lui. À la fin des vacances, je suis allé en cours parce que je ne voyais pas bien ce que je pouvais faire d'autre. Trois semaines d'apprentissage théorique de charpenterie. Trois semaines avec une trentaine d'autres apprentis. Un intermède dans la solitude du plateau. L'école m'a aidé à trouver un autre maître d'apprentissage et c'était mieux ainsi.

J'ai vu Goran débarquer un samedi après-midi.

Il avait troqué son pick-up pour une BMW noire. Il était habillé comme sa voiture. C'est à peine si je l'ai reconnu.

— Salut Tom.

— Maman n'est pas avec toi ?

— Non, mais elle m'a demandé de faire un crochet par ici pour voir comment tu allais.

— Ah ! Et tu vas où ?

— J'ai un rendez-vous à Montpellier ce soir.

— Comment elle va ?

— On a quelques problèmes pour récupérer son appartement et ça la rend nerveuse. C'est un peu plus long que prévu. Les locataires ne sont pas très coopératifs. Mais tout devrait rentrer dans l'ordre pour la fin du mois. Mily tient à ce que toi et Luna veniez nous rejoindre.

Il a fait un tour sur lui-même.

— Rien n'a changé par ici !

— Non, rien.

— Le camion est rutilant ! Tu pourrais faire la même chose à ma caravane.

— Pourquoi je ferais ça ?

— Une question d'harmonie des lieux, c'est ce que dirait ta mère, une connerie comme ça, tu sais comme elle est ! Si tu la veux, je te la donne.

— Je ne vois vraiment pas ce que je pourrais en faire.

— Tu pourrais en tirer un bon prix.

— Va jeter un coup d'œil à l'intérieur !

— Qu'est-ce qui se passe ?

— Des gars sont venus, il y a un moment déjà. Ils en avaient après toi. L'un d'eux a dit que tu avais tué son père et son frère. Des tas de gens en fait. Pendant la guerre. Ils ont fouillé ta caravane. Tout est cassé à l'intérieur.

Goran a haussé les sourcils.

— Pourquoi tu ne me l'as pas dit plus tôt ?

— Je l'aurais fait si je t'avais rencontré.

— Qu'est-ce qu'ils cherchaient ?

— Des photos de toi. Une cassette aussi.

— Une cassette ?

— Ouais, une cassette.

— Ils étaient comment, ces mecs ? Ils t'ont dit d'où ils venaient ?

— Un jeune et un plus âgé. Des Bosniaques, c'est ce qu'ils m'ont dit. Est-ce que tu as vraiment fait ça ?

— Non, bien sûr que non. Comment peux-tu poser une telle question ? Les Bosniaques ne nous aiment pas, c'est sûr, mais je n'ai jamais tué personne.

— L'un d'eux dit t'avoir reconnu.

Goran n'a manifesté aucune inquiétude. Il a haussé les épaules en signe d'impuissance, m'a regardé droit dans les yeux, a souri et j'ai été rassuré.

— Ça arrive parfois. Ces types-là voient le mal partout. Oublie ça. Qu'est-ce que tu dirais d'essayer ma voiture ? Viens, on va descendre boire un verre.

La BMW était luxueuse et le bruit du moteur feutré.

— Tes affaires ont l'air de bien marcher.

— Il y a de l'argent à se faire dans la sécurité. On est connus pour ça, nous, les Serbes, comme les Albanais pour les trafics.

Ça l'a fait rire.

— Je connais du monde dans le métier. Dans quelques mois j'aurai la nationalité française et c'est un sacré gage de confiance quand on doit signer des contrats avec les entreprises. Je vais changer de nom aussi !

— Pourquoi tu veux faire ça ?

— Je viens de te le dire.

— Tu vas t'appeler comment ?

— Georges Berger. C'est en quelque sorte la version française de mon nom. Ça fait un moment que j'y pense.

Je ne voyais vraiment pas ce qui pouvait motiver quelqu'un à changer de nom, mais je m'étais bien gardé de le lui dire. Nous sommes allés dans le café au bord de la rivière. J'ai profité d'être au village pour faire quelques achats. Au retour, il est allé jeter un œil à sa caravane, puis je l'ai vu entrer dans la grange pendant que j'allais déposer mes provisions dans le camion. Il est ressorti avec un pesant sac en toile en bandoulière. Je me demandais d'où il avait bien pu l'extirper parce que je ne l'avais jamais vu. Je connaissais pourtant tous les recoins de la ferme. Il l'a posé dans son coffre, s'est installé au volant, m'a tendu une enveloppe avec de l'argent à l'intérieur et il a filé. Je suis rentré. La solitude m'est tombée dessus dès que la voiture a disparu. C'est un truc difficile à apprivoiser, la solitude. Elle donne à écouter le vent, à échanger avec l'orage, à chercher un sens aux choses et aux mots, à la pluie qui tambourine sur la tôle du camion, à la vie quoi. Je suis allé marcher sur le causse. Des vautours flottaient dans le ciel comme des cerfs-volants. C'était difficile de faire un lien entre les accusations de Sule et cette rencontre avec Goran. Il n'avait en rien réagi comme je me l'étais imaginé. Il semblait tellement étranger à tout ça. Je me suis allongé sur le sol caillouteux et froid. J'ai regardé les vautours. Leurs vols étaient très démonstratifs. Je n'arrivais cependant pas à fixer mes pensées. Quelque chose me tracassait sans que je puisse l'identifier. Je suis resté ainsi jusqu'à ce que le froid m'engourdisse. Je me suis levé, j'ai fait une dizaine de pas, et soudain j'ai su. J'ai couru jusqu'au camion et j'ai fouillé dans les affaires de maman. Elle était là, une enveloppe avec « Georges Berger » écrit au-dessous de celui de maman et à l'intérieur une cassette. Ça ne pouvait être un hasard. Elle me brûlait déjà les doigts.

32

Le lendemain je suis descendu au village et j'ai appelé un gars rencontré au centre d'apprentissage. Il dupliquait des albums de musique qu'il revendait avec la jaquette de l'original photocopiée. Il transférait également des cassettes sur CD. Il n'était pas chez lui et sa mère n'avait aucune idée de l'heure à laquelle il rentrerait. J'ai erré dans les ruelles désertes et froides du village jusqu'à midi avant de faire une nouvelle tentative. Cette fois, personne n'a répondu. Je ne tenais plus en place. Quitte à attendre, je me suis décidé à aller chez lui. Ses parents géraient un camping sur la rive du Tarn, à une trentaine de kilomètres de là où je me trouvais. J'ai roulé lentement. Parce que j'avais du temps devant moi, mais aussi parce que l'air était glacial. Je me suis égaré sur de petites routes. Je me suis hissé sur des belvédères déserts et venteux. En fin d'après-midi, des bourrasques levaient des tourbillons de feuilles mortes. Le ciel s'est ennuagé et la lumière est devenue sombre comme les eaux de la rivière. Puis il a plu. J'ai roulé jusqu'au camping. On y accédait en longeant des vergers dénudés. Teddy était chez lui. Il a été surpris de me voir débarquer à la nuit, trempé, et sa première réaction n'a pas été très amicale, mais il a fini par me faire entrer. Je n'étais moi-même pas très à l'aise.

— Qu'est-ce que tu fais par ici ?

— J'ai une cassette que j'aimerais copier sur CD. Mais avant j'aimerais être sûr de ce qu'il y a dessus.

— Et tu crois qu'il y a quoi ?

— Je ne sais pas trop.

— OK, c'est vingt euros, après c'est toi qui vois.

On est allés dans sa chambre, il a inséré la cassette, m'a donné la télécommande, puis il est sorti. Les premières images ne montraient pas grand-chose, elles n'étaient pas d'une grande qualité. Puis des types en treillis noir sont apparus, armés de fusils d'assaut. Ils semblaient attendre quelqu'un ou quelque chose. Aucune tension n'était apparente, la campagne était paisible. À la vue des hommes en armes, j'ai su que c'était ce que cherchait Sule et j'ai eu peur de la suite. L'herbe était grasse et verte et on entendait des trilles d'oiseaux. Un camion bâché est arrivé. À l'intérieur, il y avait des militaires assis sur les bancs et au sol des hommes avec les mains liées dans le dos. La caméra s'est approchée et a fait un gros plan sur un visage adolescent écrasé sous la semelle crantée de rangers. Ça m'a fait mal de croiser ses yeux fous de terreur. Les types en treillis noir les ont fait descendre en hurlant des ordres. C'étaient des gars plutôt jeunes, certains devaient avoir mon âge. En file indienne, ils se sont avancés dans un chemin, puis ils se sont alignés devant un fossé. Les hommes en treillis discutaient entre eux. La caméra allait de l'un à l'autre et là, soudain, je l'ai vu. Goran était là, en T-shirt kaki, le crâne rasé, mais avec le même regard et le même sourire sur les lèvres. J'étais sidéré. Lui et sa bande armée semblaient prendre plaisir à effrayer les hommes entravés. Ils en ont sorti un du rang, l'ont obligé à se mettre à genoux, et ils ont simulé son exécution. J'ai fait défiler la bande plus rapidement pour ne pas avoir à regarder ce supplice. Quand l'image est redevenue claire, j'ai vu les derniers gars s'écrouler comme des pantins sous les balles des fusils. Deux autres gars sont apparus. Ils étaient terrifiés. Ils ont étendu les corps des malheureux dans le fossé puis les ont arrosés d'essence. Les militaires ont ordonné au plus jeune des deux gars d'allumer le feu. Il s'est avancé, s'est baissé, et un immense brasier s'est levé. Il a hurlé. Les images étaient insoutenables. J'ai de nouveau accéléré la lecture de la bande. Un pope donnait sa bénédiction à des militaires. Goran était encore là. Ils semblaient tous très pieux, pris dans une sorte de ferveur mystique. Plus loin, on voyait les mêmes gars s'acharner sur d'autres humains, leurs propres voisins peut-être bien, comme si c'était un travail comme un autre. Aussi froidement qu'une équipe de tueurs dans un abattoir. J'en avais la nausée. J'ai éjecté la cassette. Teddy est entré quelques secondes après.

— C'est déjà fini ? T'as pas l'air bien. On dirait que t'as vu un fantôme.

— C'est ça, c'est ce que j'ai vu, des fantômes.

— C'est quoi le titre de ton film ?

— C'est pas un film.

— Oh, doucement ! Ça me fait pas rire.

— Ça prend du temps de copier ?

— Ça dépend de la longueur de ta vidéo. Elle dure combien de temps ?

— J'en sais trop rien.

— Laisse-la-moi et repasse plus tard.

— Merci, mais je ne peux pas faire ça. Une prochaine fois.

Teddy m'a soutiré cinq euros et je suis sorti. Une lune pâle montrait ses rondeurs dans les échancrures d'un ciel en rémission. Elle éclairait d'une sinistre lumière falote la silhouette squelettique des arbres en rang devant la clôture. J'ai compris alors que le sourire qu'affichait constamment Goran n'était pas humain. Il souriait à tout. À nous, à notre mère comme à une clé à molette. Le même sourire, toujours. À Dobby accrochée dans les barbelés aussi. Ça aurait dû me questionner ! Ce sourire n'exprimait rien de ce qui était tapi en lui. C'était du camouflage. Goran était un poulpe qui nous avait placés sous la protection trompeuse de ses tentacules avant de se fondre dans ce qui restait de notre famille, par homochromie. Et, perchés au-dessus de ses lèvres étirées, des yeux par lesquels celui-ci regardait furtivement à l'extérieur pour jouir du chaos qu'il perpétrait. Nos souvenirs sont soudainement devenus poisseux et sales.

33

Je n'ai pas fermé l'œil de la nuit. Je sentais un immense danger peser sur nous, sur maman surtout. Ça n'aurait pas été pire si on m'avait annoncé qu'elle était enfermée avec une meute de hyènes. Les images d'exécutions tournaient en boucle dans ma tête et j'ai eu beaucoup de mal à organiser mes pensées. Je ne comprenais pas comment Goran avait pu débarquer dans notre vie. Comment nous avions pu vivre avec ce type sans rien voir. Il me fallait absolument parler avec Luna. J'ai attendu le lever du jour comme une délivrance. Je me suis habillé et je suis descendu au village. J'ai patienté devant un café jusqu'à huit heures avant d'appeler le lycée. J'ai dit à la personne au bout du fil que c'était grave, très grave, que c'était au sujet de notre mère. Quand elle m'a passé Luna, je lui ai tout raconté en bloc. Elle ne m'a pas interrompu. À la fin, elle m'a dit : « Tu peux passer au lycée ? Je trouverai un moyen de visionner cette cassette. » C'est ce que j'ai fait. J'aurais aimé pouvoir échanger plus longuement avec elle, mais Luna n'avait que très peu de temps. En partant elle m'a lancé : « Repasse cet après-midi, je termine à trois heures. » J'ai appelé mon maître d'apprentissage pour justifier mon absence. Il n'a fait aucune difficulté. Joseph était un homme d'une soixantaine d'années. Lui et ses trois employés étaient bienveillants à mon égard et le temps passé auprès d'eux n'avait plus le caractère déprimant de ma première expérience. J'ai patienté dans le froid vif de décembre. Je redoutais chaque jour l'arrivée de la neige qui mettrait un frein à mes déplacements en scooter. À la sortie des cours, j'ai rejoint Luna. Elle avait visionné la cassette, je l'ai tout de suite su. Ses yeux étaient brillants et son regard un peu hagard.

— Où est-ce que tu as trouvé ça ?

— Je te l'ai dit, dans la boîte aux lettres, il y a un moment déjà. Sur l'enveloppe il y avait le nom de maman et dessous cet autre nom, Georges Berger. Quand Goran m'a dit qu'il avait fait une demande de naturalisation et qu'il comptait changer d'identité et se faire appeler Georges Berger, j'ai su.

— Il n'a jamais réclamé cette cassette ?

— Non, jamais, pas que je sache. Peut-être bien qu'il l'espérait sans l'attendre vraiment. C'est pas le genre d'images qu'on aime savoir dans la nature.

— Tu l'as regardée entièrement ?

— Non, j'ai pas eu le temps. Des passages seulement.

— Il y a deux heures d'apocalypse là-dedans.

— Tu as aussi reconnu Goran ?

— Oui, il n'y a malheureusement aucun doute là-dessus.

— Qu'est-ce qu'on va en faire ?

— J'en sais rien, Tom, je suis comme toi. Quand je pense que maman vient de se marier avec lui !

— On pourrait la donner aux flics ?

— Non, je ne crois pas. Ça se passe je ne sais trop où, loin d'ici, et c'est la guerre. C'est pas leurs affaires et ça risquerait bien de nous attirer des ennuis. Il faut trouver autre chose.

— Et sortir maman de là !

— Je ne peux pas croire que cela soit vrai. Je ne peux pas le croire.

Quelques larmes se sont pendues dans les cils de Luna. Je l'ai prise dans mes bras. Elle s'est mise à pleurer pour de bon. C'était la première fois que je la voyais craquer. Elle était effondrée, anéantie. Je n'aurais jamais imaginé que ce soit possible. Nous nous sommes assis contre les grilles.

— Je vais y aller, Tom !

— Vendredi soir c'est les vacances. Tu pourrais sécher les cours et venir avec moi ?

— Non, je ne peux pas faire ça.

— Alors je t'attends pour la fin de la semaine ?

— Je ne sais pas encore. Ne m'attends pas. S'il te plaît, ne m'attends pas.

Elle m'a tendu la cassette, m'a embrassé et elle est partie sans se retourner. J'étais décontenancé. Je suis resté quelques minutes devant la porte à espérer je ne sais quoi. Rien en fait. Puis je suis remonté sur mon scooter et je suis rentré. Sans gants. Le froid me torturait les doigts. Je l'ai laissé m'infliger ses sévices pour me punir de tout ce que je n'avais pas su voir. Pour m'être laissé berner par Goran et ne pas avoir protégé Luna et maman.

Le lendemain, je suis retourné au travail. Je devais avoir une sale tête parce que Joseph m'a demandé ce qui n'allait pas. Je lui ai dit que la vie ne m'aimait pas beaucoup. Qu'elle n'aimait pas grand monde en fait. Il n'a rien répondu. Il m'a emmené dans sa fourgonnette qui sentait bon le bois et nous sommes allés boire un café dans un village. Ensuite il m'a entraîné dans une église au parvis pavé en galets de la rivière. Par un escalier étroit et poussiéreux, nous nous sommes élevés jusqu'au cœur du clocher. C'était étonnant de voir cet enchevêtrement de contrefiches et de poinçons, d'entraits et de chevrons, et par les ouvertures dominer les toits du village et la rivière. On était loin des hommes. « Ces pièces de bois ont près de cinq cents ans. Pose ta main dessus. Tu dois pouvoir sentir battre le cœur des compagnons qui ont réalisé cette charpente. » Nous sommes montés jusqu'à la cloche. Joseph a inspecté le joug auquel elle était fixée. C'était vertigineux et envoûtant à la fois. « Qu'est-ce que tu dis de ça, Tom ? » Je n'ai pas su quoi répondre. Il a posé sa main sur mon épaule. « Maintenant c'est à notre tour, faut se mettre au boulot. On va prendre les cotes des arêtiers et des enrayures à remplacer, puis on fera les tracés. Ensuite on taillera les pièces à l'atelier. Il restera à démonter les anciennes et à poser les nôtres. Ça va nous prendre plusieurs semaines. Faudra des bras. » En milieu d'après-midi le son de l'harmonium est monté jusqu'à nous. Pendu dans la charpente avec le mètre à ruban, je m'imaginais être une sorte de Quasimodo. Plongé dans cette ambiance fantastique et romanesque, mon esprit a trouvé un peu d'apaisement. Le froid a eu raison de nous un peu avant la fin de la journée et nous sommes redescendus. Sur le chemin du retour, Joseph m'a dit : « Il y a une petite pièce au-dessus de l'atelier. Tu pourrais l'aménager et rester là les mois d'hiver. » Je lui ai souri et cette réponse a semblé le satisfaire. Nous avons passé la semaine là-haut à prendre des cotes et à faire des tracés. J'avais acquis la certitude que maman ne risquait rien avec Goran, mais c'était un déchirement que de le savoir à côté d'elle. Je ne savais toujours pas comment j'allais pouvoir la tirer de là. En revanche, je savais ce que je devais faire de la cassette.

34

Il était près de midi quand j'ai appelé Sule. Il était chez lui. Je lui ai dit : « Tu as un magnétoscope ? » Il m'a répondu, après une seconde de silence : « J'arrive. » Sa voiture s'est garée sous les marronniers de la place. Il m'a dit : « Alors ce film existe vraiment ! Tu l'as regardé ? Oui, bien sûr que oui, sinon comment tu saurais ! » Puis il est reparti avec sans rien me dire d'autre et j'ai entendu le moteur de sa voiture rugir dans les gorges. J'étais soulagé de m'être débarrassé de ces images. J'avais eu l'impression de partager mes nuits avec le diable et ça m'avait occasionné des tas de cauchemars. Soulagé et affreusement inquiet pour les jours à venir. Je n'avais aucune idée de ce qui allait se passer, pas plus que pour trouver le moyen d'éloigner maman de Goran.

Luna n'est pas venue. J'ai passé une partie des vacances à l'attendre et l'autre à aménager la pièce au-dessus de l'atelier de Joseph. Il y faisait bon et le village était à deux pas. Un joli village minéral comme le lit de la rivière et escarpé comme les parois des gorges. Le 3 janvier je bouclais le camion après avoir coupé l'électricité et débranché l'eau. Je voulais voir les chevaux avant de partir. Je ne les ai pas trouvés. Tout est si vaste sur le plateau.

J'ai posé mes affaires sur le lit et je suis descendu à l'atelier. Je n'avais rien d'autre à faire et j'aimais l'ambiance qui l'habitait, l'odeur des copeaux et les tracés ésotériques faits à même le sol.

La semaine suivante j'ai cherché à contacter Luna, mais on m'a répondu qu'elle n'était pas en cours et qu'il fallait impérativement que notre mère justifie son absence. J'étais inquiet pour elle. J'ai renouvelé mes appels les semaines qui ont suivi et la même réponse m'a été faite. Goran et maman ont débarqué un vendredi frileux de février, vers dix heures. Goran était volubile. Je n'ai pas aimé le voir discuter avec Joseph et les gars de l'atelier. J'avais le sentiment que sa seule présence allait me salir et qu'ils ne me regarderaient plus jamais comme avant. J'ai invité maman à monter dans ma chambre. J'étais content qu'elle voie comment j'avais organisé ma vie, mais elle ne semblait pas avoir conscience de la situation, de cet abandon pendant des semaines. Elle m'a dit qu'une assistante sociale était passée la voir au sujet de Luna, mais qu'elle n'avait aucune idée de l'endroit où elle se trouvait et qu'à jouer les filles de l'air elle allait lui attirer des ennuis. J'aurais aimé pouvoir lui dire que Luna allait bien, mais j'étais moi-même sans nouvelles depuis Noël. J'ai essayé de lui parler de Goran, de lui dire qui il était, mais elle ne m'entendait pas. Maman a coupé court en disant que c'était quelqu'un d'adorable et qu'elle était heureuse de l'avoir à ses côtés, qu'elle ne comprenait pas pourquoi je lui en voulais autant d'avoir refait sa vie. Je n'aime pas ce terme. On ne refait pas sa vie, on la poursuit, avec d'autres horizons parfois, d'autres personnes souvent, mais on n'efface pas le passé. Une vie n'est que l'empilement de tout un fatras de choses, bonnes ou mauvaises, goûteuses ou fades, et la dernière que l'on pose sur le tas fait s'écrouler l'ensemble et elle s'arrête là.

Goran m'a invité à aller manger avec eux. Je lui ai dit que je ne pouvais pas parce que j'avais du travail, mais Joseph a insisté pour que je fasse ça. Nous sommes allés dans le seul restaurant ouvert. Je ne pouvais pas le regarder. Ça m'était insupportable. Maman a parlé de Luna « qui a toujours été insaisissable », c'est ce qu'elle a dit, comme si ça pouvait être suffisant pour expliquer qu'elle ait déserté les bancs du lycée et qu'elle n'ait plus donné de nouvelles depuis, de son appartement qui serait libre à la fin du mois, puis de toutes ces petites choses sans grande importance qui habillent l'essentiel d'une vie. Elle semblait sereine et heureuse. Goran a parlé de son travail, de ses projets. Puis ils sont repartis. Maman m'a donné de l'argent et j'en ai été gêné parce que je savais que c'était celui de Goran. À l'atelier, les gars avaient trouvé maman jolie et Goran très sympathique. J'ai posé un casque antibruit sur mes oreilles et j'ai enfilé des planches dans la raboteuse.

Le printemps est arrivé presque par surprise. Je m'étais plongé dans le travail avec frénésie. Je n'avais eu aucun écho concernant la cassette et le chaos qu'elle était supposée provoquer. J'avais fini par croire que tout ça n'avait été qu'une machination montée contre Goran. Le week-end je remontais au camion et je me baladais souvent sur les belvédères pour regarder le soleil se coucher. C'est là que j'ai croisé Paul. Il sortait d'une voie d'escalade avec une amie. Je ne l'avais pas revu depuis nos vacances chez Lisbeth. C'était agréable de le rencontrer. J'ai eu le fugace espoir que Luna soit avec eux, mais il l'a rapidement douché. Je lui ai demandé s'il savait où elle était et il m'a répondu qu'aux dernières nouvelles elle cueillait des cerises du côté de Montpellier avec Tancrède et qu'ensuite ils avaient l'intention d'aller grimper en Espagne, aux Mallos de Riglos. J'ai été heureux d'entendre ça et en même temps blessé d'avoir des infos par Paul, moi, son jumeau.

Le lendemain matin j'ai dit à Joseph que j'avais besoin de prendre un jour pour aller voir ma sœur et il n'a fait aucune difficulté. Je suis parti avant le lever du soleil. J'ai roulé jusqu'à une cerisaie où nous avions fait étape le temps d'une récolte, quand papa était encore avec nous. Je me disais que si j'avais une chance de la trouver c'était là et que ça valait la peine d'essayer. Il n'était pas loin de dix heures lorsque je suis arrivé. Le stationnement que j'avais connu n'existait plus, mais je me suis fait indiquer l'endroit où se regroupaient les saisonniers. C'était un parking adossé aux vergers, situé près de l'autoroute et pourvu d'un point d'eau. Ils s'étiraient à l'infini, des cerisiers, des pêchers, des nectariniers. Le sol était couvert de papiers, d'assiettes en carton, de tessons de bouteille et autres détritus qui auraient tout aussi bien pu être jetés dans les bacs à ordures qui traînaient à l'angle du parking si quelqu'un avait pris la peine de les vider. De l'autre côté du double ruban d'asphalte, la garrigue avait brûlé. Les rochers étaient rougis par le produit retardant largué par les canadairs. J'ai tout de suite repéré le combi VW blanc de

Tancrède. Il était facilement identifiable avec ses autocollants de lézards et de pubs pour matériel d'escalade. J'étais terriblement heureux d'avoir retrouvé Luna. J'ai attendu midi, appuyé contre le tronc d'un micocoulier qui semblait bien être le seul dans le coin à ne pas avoir baissé les bras. Il était vigoureux et je pouvais percevoir sa force sous l'écorce rugueuse. Près d'un arrêt de bus vandalisé, j'ai observé une femme qui faisait les cent pas. C'était étonnant de la voir faire ; elle ne sortait jamais de limites qui n'étaient en rien matérielles. Entre deux allers-retours elle s'adossait contre le poteau qui signalait l'arrêt et restait là pendant quelques minutes. Elle se recoiffait sommairement et scrutait les alentours avant de reprendre sa maigre errance. J'ai vu un homme échanger quelques minutes avec elle avant qu'ils ne filent ensemble vers un fourgon blanc aux rideaux tirés. Il y en a eu deux ou trois ce matin-là. Le dernier était un vieil adipeux qui parlait fort et sentait de même. Je l'ai remarqué quand il est passé près de moi avec une démarche de manchot. En reprenant son poste, la femme m'a regardé d'un œil torve.

— Qu'est-ce que tu fais encore là ?

— J'attends quelqu'un.

— On attend tous quelqu'un. J'ai passé la moitié de ma vie à attendre quelqu'un ! C'est qui que tu attends ?

— Ma sœur, c'est la fourgonnette blanche garée un peu plus loin, derrière vous.

— Connais pas. C'est des saisonniers. Il y en a des palanquées qui viennent camper ici. Des gars passent les chercher le matin, en camion, et ils les ramènent le soir. Faut pas espérer la voir avant.

— Merci m'dame.

— J'vois pas pourquoi tu me dirais merci ! Pourquoi tu me regardes comme ça ?

— Je ne vous regarde pas particulièrement.

— Tu crois que je sais pas ce que tu penses ? Tu crois que je sais pas ce qu'il y a dans ta p'tite tête ? Je vais te dire une chose : moi je travaille comme les docteurs, rentre-toi bien ça dans le crâne. Tu crois qu'il choisit sa clientèle, le docteur ? Qu'il soigne que les gens beaux, jeunes et propres sur eux ? Et je vais te dire encore une chose, c'est pas pire que se crever l'échine pour ces esclavagistes de producteurs. Fiche-moi le camp, je veux plus te voir traîner par ici.

— Je ne cherche pas d'ennuis.

— Alors va attendre ailleurs !

C'est ce que j'ai fini par faire. La journée a été longue. Mon cœur s'est mis à battre quand j'ai vu les fourgons déposer les saisonniers. J'ai cherché Luna dans la masse d'hommes et de femmes qui rejoignaient leur campement, mais je n'ai pas vu Luna et la fourgonnette blanche est restée vide. Je suis allé les voir, beaucoup ne parlaient pas français, mais j'ai compris qu'il n'y avait aucune règle et qu'une autre fournée de travailleurs pouvait aussi bien arriver à la nuit. Je ne pouvais pas attendre plus longtemps. J'étais terriblement déçu. Il fallait que Luna soit vraiment à court d'argent pour supporter ça. J'ai glissé un mot sous l'essuie-glace avec le téléphone de l'atelier, puis je suis rentré, abattu et plus seul que jamais.

Le lendemain, Luna laissait un message laconique à mon intention : « Je vais bien. Ne t'inquiète de rien. » Comment imaginait-elle que je puisse faire ça ?

35

C'était un samedi. Joseph est entré dans ma chambre vers neuf heures et il m'a dit : « Ta mère vient de téléphoner. Elle te demande de la rappeler. Ne tarde pas. » C'est ce que j'ai fait. Par la fenêtre ouverte, j'entendais monter le son des pas dans la ruelle. Il faisait étonnamment doux pour une fin octobre. J'étais heureux de pouvoir lui parler. Maman m'a dit :

— Ils ont arrêté Goran. Ils l'ont emmené ce matin, à six heures. Il m'a dit de ne pas m'en faire, qu'il était français maintenant, que tout allait bien se passer.

— Il a aussi changé de nom.

— Oui, mais je ne te parle pas de ça ! Je ne sais même pas ce qu'on lui reproche. Dis-moi que tu n'y es pour rien. Dis-moi que ça n'a rien à voir avec ce que tu m'as dit l'autre jour dans ta chambre. Dis-le-moi.

— C'était il y a huit mois, maman.

— Qu'est-ce que tu veux dire ?

— La dernière fois que l'on s'est vus, c'était il y a huit mois et il est bien possible que ce soit en rapport avec la guerre.

— Mais de quelle guerre tu parles ?

— Les Balkans. La Bosnie. Goran y était.

— Il n'y a aucun rapport, tout est fini aujourd'hui !

— Je crois bien que c'est le temps de rendre des comptes et Goran va devoir en rendre.

— Je ne sais toujours pas de quoi tu parles !

— De crimes de guerre.

— Quel rapport avec lui ?

— J'aimerais ne pas avoir à te dire ça, mais Goran était...

— Tais-toi, je t'en prie, tais-toi, je ne veux pas t'entendre dire des horreurs.

— Je vais venir te voir. Je peux être là ce soir !

— Ce n'est pas la peine, il sera bientôt de retour. Toi et Luna n'avez jamais beaucoup aimé Goran. Je le sais maintenant. Ça a été difficile pour lui. Je ne peux pourtant compter sur personne d'autre... Tu as oublié le travail qu'il a fourni pour relever les murs de la ferme et le temps passé à planter des arbres. Qui d'autre aurait fait ça ?

— Ce n'était pas Goran, maman, c'était une sorte d'hologramme.

Dans un sanglot elle a raccroché et la tonalité qui a suivi a été dévastatrice. Je suis sorti. Joseph m'a dit quelque chose que je n'ai pas entendu. Maman était tellement abattue que j'en suis venu à regretter d'avoir confié la cassette à Sule, parce qu'à aucun moment je n'ai douté du motif de son arrestation. Je ne savais plus quoi penser. Je me demandais ce qui nous définissait : était-ce l'ensemble de nos actes ou seulement les conséquences de nos erreurs ? J'étais désemparé.

J'ai traversé le village et suivi un sentier qui, comme moi, aspirait à prendre de la hauteur, à sortir des gorges. Quand il a croisé une route, je me suis assis au bord. Le ruban noir était rongé au centre et sur les côtés par des herbes conquérantes. Il filait dans une parfaite rectitude vers un horizon orageux. Il m'a attiré d'emblée. Plus tard je l'ai quitté pour un chemin gris qui s'enfonçait loin dans la steppe. Il m'a conduit jusqu'à un vieux portail entrebâillé, bordé d'une clôture déglinguée. Derrière, il n'y avait rien. Rien d'autre que des cailloux, de maigres buissons et, profond comme le causse, l'espace sonore du téléphone raccroché et le sanglot de ma mère. En milieu d'après-midi j'ai aperçu une ferme au loin et j'ai infléchi vers elle l'axe de ma marche. Des chiens m'ont accueilli. J'ai bu au tuyau qui alimentait au goutte-à-goutte une baignoire aux eaux verdâtres. Quand la nuit s'est avancée, je me suis assis contre une pierre levée. Il y en avait plusieurs dans le coin. J'ai regardé leurs ombres s'étendre sur le sol. À la lueur de la lune, je suis allé les voir. J'ai trouvé des pierres jumelles et je me suis allongé entre elles. Avant minuit je les ai entendues chuchoter. Elles disaient la terre, les étoiles, l'air. Au loin, des rondeurs maternelles se découpaient dans le ciel. La terre exhalait des senteurs que les hommes qui avaient disposé et taillé ces blocs avaient respirées avant moi. Un fourmillement sédatif a suivi l'arête crénelée de ma colonne vertébrale. J'ai posé mes mains sur la pierre rugueuse, cherché du regard la Grande Ourse et l'étoile Polaire, puis je me suis laissé glisser dans l'ombre de la nuit. Au lever du jour, j'ai observé une renarde qui avait sa tanière au pied d'un menhir. Elle m'a fixé un moment, puis elle a repris ses activités. Quand le soleil a effacé l'aube, ses petits sont sortis faire des cabrioles et des roulades. Je les ai regardés jouer avec gratitude. Avant de partir en chasse, elle les a fait rentrer. Je me suis levé. J'ai assoupli mes membres engourdis, salué la renarde, les pierres jumelles, et j'ai cherché le chemin du retour sans bien savoir où le trouver.

En milieu d'après-midi j'ai croisé Joseph. Il s'est arrêté près de moi.

— Tu viens d'où ?

— De là-bas.

— Tu as trouvé ce que tu cherchais ?

— Je ne cherchais rien.

— Tu as croisé quelqu'un ?

— Des pierres dressées.

— Elles t'ont parlé ?

J'ai été décontenancé par sa question. Je n'étais pas très à l'aise avec ce qui m'était arrivé pendant la nuit, même si j'en avais tiré un profond réconfort.

— Elles m'ont parlé souvent, quand j'étais plus jeune surtout. Maintenant je suis trop vieux pour aller dormir avec ces filles et ces fils du néolithique. Aujourd'hui on sait beaucoup de choses, mais ce qu'ils connaissaient, eux, on l'a oublié… Tu dois avoir faim.

Nous sommes descendus au village et pendant que je mangeais Joseph m'a dit : « Tu devrais te mettre à l'ouvrage pour préparer ton œuvre de fin d'études. Il n'est jamais trop tôt pour s'y pencher. J'ai pensé qu'une reproduction à l'échelle du clocher qu'on a restauré serait une bonne idée. Je serai là pour te guider. »

Le lendemain, je me lançais à corps perdu dans le tracé complexe de la charpente.

36

Sule est passé me voir un soir d'avril 2010, quelques semaines avant la fin de mon apprentissage. Je ne l'avais jamais recroisé depuis le jour où je lui avais remis la cassette. Il n'était pas très à l'aise. Ce n'était plus le type à fleur de peau que j'avais connu. Nous avons parlé de Goran, des Scorpions, du procès, de son témoignage au tribunal qui s'était révélé être une bien pire épreuve que ce qu'il avait pu imaginer.

— On croit connaître les gens, mais au bout du compte on ne sait rien d'eux. Pas beaucoup plus que de nous-même peut-être bien. Venimeux, c'est ce qu'ils étaient. Deux cent cinquante Scorpions à l'idéologie ultranationaliste, ultraviolente et sauvagement féroce. Une armée génocidaire. Une troupe de destruction massive. Goran était toujours aux côtés de Slobodan Medič, le chef. Son ange gardien en quelque sorte. Ils étaient chargés de mener à bien le projet d'épuration ethnique imaginé par Ratko Mladič et sa clique. Alors le chef ordonnait, puis le groupe s'exprimait. Le groupe, c'était ça l'idée. C'est lui qui arrache, déchire et tue. Supplicier un corps, c'est transgressif, mais ça crée des liens puissants. Tu vois, Tom, c'est ça la guerre. Les gens pensent que les exécutions de masse sont le fait de criminels à la tête d'une milice, mais c'est une erreur. C'est le groupe qui porte ça en lui. C'est le groupe qui fomente ça dès sa création. C'est peut-être bien juste une histoire de mauvaise éducation, de mauvaises rencontres et d'esprits qui s'échauffent. D'argent, parce que sans argent les idées s'envolent ailleurs, de sexe et de discipline aussi. Sans elle tu n'as qu'un ramassis de voyous incontrôlables. La différence est là. C'est ce que j'ai appris de ce procès.

Sule s'est planté devant la fenêtre et il est resté un long moment ainsi, les mains dans les poches, perdu dans ses pensées.

— Tu as entendu parler d'Arkan ? Tout le monde connaît les Tigres d'Arkan. Il avait compris ça Željko Ražnatović. Dominer la fureur et l'agressivité que les gens ont en eux. Les exalter et les contraindre dans une centrale à violence, pour en garder le contrôle et en tirer le meilleur. Enfin, quand je dis le meilleur, je devrais dire un concentré de barbarie. Il a créé sa milice en recrutant dans son club de supporters, les ultras de l'Étoile rouge de Belgrade. Il avait la réputation d'être dur avec ses combattants. Son père était monténégrin, comme celui de Goran. Les Scorpions, c'était un peu pareil. Ils étaient tous de la même famille, du même village, presque du même sang. Ils étaient très liés à la religion orthodoxe. Les popes leur donnaient la bénédiction avant leurs raids meurtriers : « Je jure, en faisant de ces trois doigts le signe de la Sainte Croix, d'immoler ma vie pour le salut de la serbité. » On entend ça sur la vidéo. Elle a été projetée lors du procès. Ça leur donnait le sentiment d'être le bras armé de Dieu. Ça justifiait l'épuration ethnique et toutes sortes d'atrocités. À un moment, il y a eu un hurlement dans la salle. Une femme a reconnu son fils. Elle l'a vu, là, après une aussi longue absence, être exécuté devant ses yeux, sur écran géant. Ma mère non plus n'a pas supporté de revoir ses bourreaux. Elle ne va pas bien depuis. Je me pose cette question, Tom : est-ce que, pendant le temps où il habitait avec vous, il pensait à Azmir, mon frère ? À ses appels au secours, à ma mère repoussée à coups de crosse ? Est-ce que la guerre conduit tous les hommes à faire ce genre d'abomination, ou bien seulement ceux qui ont ça ancré au fond d'eux ? Est-ce qu'une fois les conflits terminés les bourreaux reprennent une vie normale ? Peut-être bien que face à la peur de l'autre, par vengeance aussi, nous sommes tous des criminels de guerre en puissance ! Je crains la réponse, Tom, je te le dis. Elle m'effraie parce que je sais quelle mort j'aurais pu réserver à Goran et à sa bande. Je ne crois plus en rien, sauf au mal. Autrefois, en Yougoslavie, nous cohabitions tous ensemble, chrétiens, musulmans, orthodoxes, et maintenant chacun d'entre nous n'est plus que la somme de ses haines, de ses désirs de vengeance et de ses peurs. Mais je ne suis pas venu pour te dire tout cela. Tu m'as parlé de cette descente du canyon de la Tara qui a coûté la vie à ton père et je me suis dit que je pourrais peut-être avoir des infos. Alors j'ai appelé des gars du coin, les flics aussi. J'ai pensé que je te devais bien ça, mais je n'en suis plus si sûr à présent. Dans les jours qui ont suivi votre expédition, on a retrouvé un gilet de sauvetage sur la rive du canyon. Je me suis fait envoyer des photos, je voulais te les montrer.

Ça m'a fait un choc de voir le gilet de papa, avec tous ses dessins et le numéro 202 écrit verticalement dans le dos.

— C'est bien son gilet, il n'y a aucun doute. Merci Sule. Il le portait le jour où il est passé à l'eau.

— C'est ce que je me suis dit. Il n'y avait sûrement pas grand monde dans le canyon cette année-là. Regarde les bretelles, Tom, elles ont été tranchées net, au couteau, comme la sangle ventrale. La police me l'a confirmé.

— Qu'est-ce que tu es en train de me dire, Sule ?

— Que les guerres ne se terminent jamais vraiment. Goran a tué ton père pour prendre sa place et se construire une nouvelle identité. Voilà comment je vois les choses. Il ne vous a pas choisis par hasard, crois-moi. Avant même que vous ne le rencontriez, il avait déjà scellé votre destin. Il fallait qu'il mette toutes les chances de son côté. Je suis désolé d'avoir à te dire ça. Il n'était pas loin d'avoir réussi. Une dernière chose, pour les flics, ton père s'est noyé le jour de l'orage, emporté par la crue, c'est ce qu'a déclaré Goran.

Sule est reparti et je suis resté abasourdi. Ses paroles ont mis un certain temps à infiltrer mon esprit et, quand elles ont pris corps, j'ai été saisi d'une grande agitation, d'une nécessité de sortir, de faire quelque chose pour combler un vide abyssal. Je suis remonté sur le plateau avec le besoin impérieux de m'installer au volant de notre camion, de poser mes fesses là où papa posait les siennes. J'ai trouvé le plateau morose, fatigué, desséché par l'hiver, les plantes qui peinaient à renaître. Il se répandait, braillait sa désolation comme un SDF aviné. Puis il a plu. Goutte à goutte, j'ai senti le vide se combler et la force se réveiller en moi. Je voulais retrouver Luna. J'avais tant de choses à lui dire.

37

J'ai retrouvé Luna en juillet, après plusieurs jours de route. Je n'étais pas impatient parce que je savais qu'elle était au bout du chemin. La vérité était que j'appréhendais cette rencontre après une si longue absence, un si long silence. Je suis arrivé par un matin d'été frileux. Je l'ai trouvée au fond d'une combe suspendue au-dessus d'un fjord. Je m'étais arrêté un moment pour observer les lieux. Il y avait là une maison en bois gris avec une toiture qui ployait entre les pignons. Elle semblait avoir été érigée dans le même temps que les masses rocheuses qui émergeaient de la lande. Le ciel avait la couleur de ces rotondités granitiques que les matins brumeux rendent luisantes et ostensiblement mélancoliques. Le mur de la bâtisse exposé au vent du nord était jauni par des lichens qui rongeaient les planches d'épicéa. Dans la cour était garé un bus à impériale rouge. J'ai tourné le regard du côté d'un champ clos par une vieille clôture d'épinette qui tenait encore le coup. J'ai fait un tour d'horizon, me suis attardé sur le chemin qui filait dans la lande, j'ai repéré l'embranchement qui y conduisait et je suis descendu.

Contrairement à ce que j'avais cru percevoir, il y

avait du monde et l'ambiance était décontractée. Un gars accoutré d'un vaste pantalon à bretelles et de chaussures de clown m'avait expliqué où je pouvais trouver Luna. J'ai suivi le sentier qu'il m'avait indiqué jusqu'au belvédère de Kjerag. Le temps n'était pas meilleur là-haut. Une bruine froide s'échappait de hauts nuages et posait un vernis glacé sur la roche nue du plateau granitique qui dominait les eaux noires du fjord. J'ai aperçu Luna qui errait sur les falaises, emmitouflée dans une veste ouatée bleue, rafistolée avec du scotch gris, un bonnet sur la tête. Des nuées montaient des profondeurs de l'abîme. Elles s'effilochaient sur les rochers avant de se fondre dans le crachin. Elle m'est apparue comme un sourire dans cette atmosphère élégiaque. Je l'ai observée jusqu'à ce qu'elle vienne vers moi. Sa démarche était aérienne, elle regardait assez peu où elle mettait les pieds malgré la roche glissante. En s'approchant, elle a posé ses mains sur son visage. J'ai cherché ses yeux dans l'entrebâillement de ses doigts. D'un geste soudain elle a retiré le voile, et son fin sourire a irradié comme des ronds dans l'eau. Elle m'a serré dans ses bras et m'a dit :

— Tu es venu ?

— Tu vois, je suis là !

— Tu vas rester longtemps ?

— Quelques jours, peut-être bien la semaine.

— Génial. Tu es venu comment ?

— À moto.

— Tu fais de la moto ?

— J'ai une Yamaha. Une 500 XT des années quatre-vingt. On peut compter sur elle.

— Tu as trouvé facilement ?

— Tu blagues ?

Elle a ri.

— Moi-même, je me demande comment j'ai bien pu atterrir ici. Tu as dit que tu avais quelque chose à me dire.

— Peut-être que je suis seulement venu pour t'écouter toi.

— On a tout notre temps.

— J'aimerais que ce soit vrai. Tu m'as manqué.

— Je sais.

— Je ne t'en veux pas.

— Tu n'as jamais su faire ça.

— À quoi tu occupes ton temps dans un coin pareil ?

— Viens, je vais te montrer !

Luna m'a entraîné jusqu'à une large échancrure dans la falaise. Reliant ses bords, une maigre sangle était tendue au-dessus d'un abîme qui plongeait vers le Lysefjord, une éternité plus bas. Il y avait là trois types. Luna a échangé quelques mots avec eux, puis elle a enlevé ses chaussures. Elle s'est assise, les jambes pendantes dans le vide. Je n'ai pas osé m'approcher. Après quelques minutes pesantes, elle s'est avancée vers l'endroit où la sangle abandonnait la roche pour se fondre dans l'éther. Je l'ai regardée poser le pied sur le ruban vert pâle, les bras en croix. J'aurais voulu crier, mais c'était trop tard. Luna avait déjà fait trois pas et quitté le monde, sans protection, sans assurance. Rien. Offerte aux éléments. Les trois gars aussi s'étaient figés. J'ai fermé un instant les yeux. Quand je les ai ouverts, Luna était au milieu du trajet, en équilibre précaire sur la brume qu'exhalait le monstrueux abîme. La sangle ployait douloureusement et j'entendais le vent jouer avec le ruban vert et siffler un lancinant requiem. Luna tanguait affreusement de droite à gauche. Elle tremblait comme les feuilles d'automne avant qu'elles ne lâchent prise, virevoltent sur un courant d'air et viennent s'éteindre sur le sol. Dans les brumes déchirées, quelques infimes taches vertes apparaissaient parfois sous ses pieds. J'ai une nouvelle fois fermé les yeux. Puis des cris de joie ont étouffé le cantique des morts. J'ai vu Luna prendre pied sur l'autre rive. J'ai moi aussi hurlé pour libérer toute la tension accumulée. Elle m'a fait un signe de la main, puis elle est revenue en suivant le bord de la falaise, sur le fil. Toujours.

— Ça t'a plu ?

— Merde, Luna, pourquoi tu fais des trucs pareils ? J'ai à peine pu ouvrir les yeux.

— Je me sens plus vivante après.

— Tu as vraiment besoin de ça ?

— On a prévu de sauter demain si le temps s'améliore. Le base-jump, c'est un trip différent.

— Ne compte pas sur moi pour assister au spectacle.

— Tu as tort.

Luna avait toujours aimé ces structures de vie alambiquées qui emportent et font vibrer.

— Tu m'inquiètes, Luna. Presque autant que ta promenade sur un fil.

— On va se boire un café ?

Nous sommes redescendus et Luna m'a invité à entrer dans le bus rouge. Il y avait un furieux désordre. Elle a fait chauffer de l'eau pendant que je cherchais un endroit où m'asseoir. J'ai empilé des vêtements à l'extrémité d'une banquette et je m'y suis installé. Par la fenêtre, je voyais des gars qui voltigeaient avec adresse, propulsés par une planche à bascule. Ce ne pouvait être un hasard, cette sorte de filiation entre le camion de cirque familial et ce bus rouge abritant une équipe de saltimbanques. Elle m'a apporté une tasse, mais ne s'est pas assise à côté de moi. Elle est restée debout, le dos appuyé contre l'évier de la cuisine, et a planté ses yeux dans les miens. J'ai bu une gorgée de café avec précaution, il était brûlant.

— À l'étage, c'est le dortoir. Faudra te trouver une place.

— Ne t'inquiète pas pour ça. Je pensais que tu allais enfin m'expliquer pourquoi tu t'étais enfuie.

— Je vais te le dire, comme ça on n'en parlera plus. Mais pour ça, il faut que je te parle de Goran. Ce n'est pas si facile à dire. Un soir, après une journée d'escalade dans les gorges, je l'ai trouvé au pied de la voie que je venais de gravir avec un copain de Zach.

— Qui est Zach ?

— Zacharie, le type aux longs cheveux bouclés avec qui j'ai commencé à faire de l'escalade. Tu ne peux pas ne pas t'en souvenir. Tu ne l'aimais pas. Tu disais qu'il était trop vieux pour moi, aussi arrogant que beau. Bien sûr, ce n'était pas tout à fait exact. Beau, il l'était. Beau et farouche. Quand il grimpait aussi. On venait de gravir une voie difficile. Je n'avais encore jamais grimpé en tête dans une voie de ce niveau, mais j'aurais fait n'importe quoi pour passer ma rage ce jour-là. Lui s'était engagé dans un truc facile avec sa nouvelle conquête. Goran est arrivé en fin d'après-midi et il nous a regardés descendre en rappel. Il a proposé de me ramener. En route, il a fait un détour pour aller voir d'anciennes habitations troglodytiques. On est entrés dans une partie interdite d'accès et on a grimpé jusqu'à une ruine construite sous une énorme voûte. L'ambiance était assez étrange, pas uniquement à cause de l'austérité de la pièce ou de notre présence transgressive. Goran m'a attirée vers lui… Voilà.

— Voilà quoi ? Tu veux dire que Goran t'a sauté dessus ?

— C'est à peu près ce qui s'est passé.

— Merde, Luna, je n'arrive pas à y croire. Pourquoi tu n'as rien dit ? Tu pouvais m'en parler.

— Je l'aurais fait, tu peux me croire. J'ai souvent regretté ce moment. Je le regrette encore. Après le mariage, je n'arrivais plus à regarder maman, à te regarder. Je me faisais honte. Mais je ne pouvais pas me cacher la vérité. Je ne suis pas une de ses victimes. Ce jour-là j'ai fait l'amour avec violence, beaucoup plus que ce à quoi mes quinze ans m'avaient préparée. Quand j'y pense, c'est très douloureux à vivre. Une fracture faite à ma conscience, un outrage aux mères et aux filles qu'il a violées, aux hommes qu'il a torturés et tués. Les plus jeunes avaient mon âge. Je ne supporte pas, je ne supporte plus l'idée que ce type m'ait touchée.

— Je ne comprends pas. Tu n'aimais pas beaucoup Goran. Je t'ai toujours entendue dire qu'il ne devait pas rester avec nous.

— Je tenais à Zach. Toute la journée j'ai grimpé avec la haine stupide qu'instille la jalousie. Je n'étais plus moi-même ce soir-là. Je n'ai pas d'autre explication.

— Personne ne pouvait deviner le vrai visage de Goran. Tout le monde le trouvait sympa. Tu devrais oublier ça !

— Qu'est-ce que tu crois que je cherche à faire ?

À dire au monde que j'ai couché avec un monstre ? Tu sais ce que ça représente, combien ça te ronge l'esprit ?

— Luna, calme-toi ! Moi je sais qui tu es. Ne laisse pas cette histoire gâcher ta vie.

— Allons faire un tour.

Nous sommes sortis et la joyeuse effervescence qui occupait l'espace autour du bus rouge nous a happés. Des filles répétaient une chorégraphie et Luna m'a dit : « Elles vont danser sur la paroi du fjord demain soir, si le temps s'améliore, avec de la musique et des lumières. J'ai hâte de voir ça ! » Plus loin, des gars pliaient des parachutes. Tancrède était l'un d'eux. Luna est allée le rejoindre et elle s'est blottie contre lui. Il l'a repoussée en riant et elle a fini par oublier que nous devions aller faire un tour. Le lendemain, le temps avait retrouvé une clarté estivale. Luna et Tancrède ont enfilé des combinaisons et je les ai regardés plonger dans l'abîme, longer les vertigineuses parois et se perdre dans l'immensité du fjord. Les jours se sont succédé ainsi, entre le rapatriement des ersatz de mammifères volants, les spectacles verticaux et le repas du soir autour d'un feu.

La séparation a été difficile. L'équipe montait plus au nord, du côté de la vallée de Rauma, pour escalader le Troll Wall et faire un vol en wingsuit depuis le sommet. Moi j'avais en tête l'idée de retrouver le bunker où notre père était né. Une sorte de retour aux sources.

— Tu me dis de quoi il s'agit. C'est le moment, je crois.

— Oh, oui, bien sûr. De papa, du canyon, de Goran encore. De nous aussi.

— Je ne vois pas bien ce que tu pourrais avoir à me dire que je ne sache déjà.

Luna était une équilibriste. Elle acceptait le risque comme peu de gens peuvent le faire et je m'étais dit que regarder la réalité en face était en quelque sorte son quotidien. Alors je lui ai appris ce que m'avait révélé Sule. Comme ça, comme je l'avais reçu, sans précaution. Je lui ai montré les photos du gilet aux bretelles sectionnées, mais elle ne les a pas regardées. Le visage de Luna avait perdu sa lumière. Elle me fixait et ne semblait pas bien comprendre ce qui lui arrivait. Puis elle a esquissé un pâle sourire pour s'excuser de ce moment de faiblesse, de ce brusque changement de physionomie. Elle s'est assise contre le muret aux pierres constellées de lichen. Je me suis agenouillé près d'elle.

— Et maman, elle est au courant ?

— Je ne lui ai encore rien dit. Elle est seule. Elle est encore très fragile. Il lui a fallu beaucoup de temps pour accepter la vérité, jusqu'au divorce en fait. Avant que Goran ne soit extradé vers Belgrade, elle allait le voir toutes les semaines en prison. Ça a été très long parce qu'il avait la nationalité française et qu'il n'y a pas d'accord de ce type avec la Serbie. Elle a suivi son procès, au début du moins, et son rapport au monde a changé. Son rapport aux hommes. Depuis le divorce, elle semble aller un peu mieux. Mais, tu sais, je la vois rarement. Elle se méprise. Elle nous fuit. Ce serait terrible de lui dire que Goran a tué papa. Ça la tuerait. Par ricochet.

— C'est l'écho de la guerre qui est venu faire la peau à papa. On s'est pris des balles perdues, Tom. Qui pourrait croire un seul instant à un truc comme ça ?

— Je t'ai parlé de ce livre, *Délivrance*. Les gars qui descendent la rivière sont traqués par un braconnier qui leur tire dessus depuis le haut du canyon. J'ai longtemps cherché dedans ce qui aurait pu expliquer notre propre drame. C'était un peu stupide, je sais, mais dans un de mes cauchemars le type avait la tête de Goran. Je n'étais pas si loin de la vérité au fond, mais Goran était encore plus près. Le diable avait embarqué avec nous, Luna, et il ne nous avait pas choisis par hasard. Toute notre histoire est là.

— Il faudra ajouter papa sur la liste de ses crimes. Il faut que ça se sache, qu'il ne compte pas pour rien dans cette histoire. Et moi, qu'est-ce que je dois faire de tout ça ?

Luna est rapidement montée dans le bus rouge. Je l'ai suivi jusqu'au croisement, au bout du chemin. Il escargotait en se dandinant sur la route étroite, et je me suis demandé combien de temps il lui faudrait pour s'extirper de cette combe étroite. J'avais espéré voir Luna me faire signe par une vitre, mais je ne l'ai pas revue.

38

J'ai roulé dans la lumière éthérée des terres nordiques, dominé des bras de mer d'un bleu céleste. Je me suis abrité dans des églises en bois debout, perdu dans des villages colorés et j'ai dormi dans des forêts de conifères tapissées de mousse. J'ai traîné sur les plages venteuses du Danemark. Puis je suis descendu vers celles des Flandres, larges et arpentées par des chars à voile. Plus loin, vers le golfe de Saint-Malo, j'ai retrouvé le blockhaus où notre père avait vu le jour. J'ai sorti de leur enveloppe les coupures de journaux que j'avais emportées. Tout était comme sur les photos jaunies, la mer un peu moins loin peut-être. L'intérieur était sombre et humide. Il sentait l'urine, le sol était jonché de déchets et les murs couverts de tags. Il n'y avait rien d'autre. Je ne pouvais pas imaginer ma grand-mère agonisant dans cet espace sordide. Les murs de béton rongés par la rouille et le sel n'avaient été créés que pour donner la mort et c'est ce qu'ils transpiraient. J'ai fui l'endroit. J'ai longé la côte pendant quelques kilomètres encore, puis j'ai pris la direction de la Ferme de l'Air où je comptais passer quelques jours avant de retourner à l'atelier. En arrivant au camion, j'ai tout de suite vu le mot accroché à la porte. Il avait plus de huit jours. Joseph qui me disait de passer le voir sans tarder. Je suis remonté sur la moto. Quand j'ai vu le regard de Joseph, j'ai su qu'il était arrivé quelque chose de grave. J'ai pensé à maman. Il m'a pris par l'épaule et m'a demandé de m'asseoir. Puis il a dit : « On a reçu un appel pour toi, il y a plusieurs jours maintenant. Un ami de ta sœur. Il nous a dit de te dire qu'elle s'était tuée en sautant d'une montagne. Je n'ai pas tout compris. Il a laissé un numéro pour que tu le rappelles. » J'étais tétanisé. J'ai composé le numéro, mécaniquement. Un gars m'a répondu. Je pouvais mettre un visage sur sa voix. J'ai dit : « C'est moi, Tancrède, c'est Tom. » Il a répondu : « Elle s'est crashée, on ne comprend pas ce qui s'est passé. J'étais avec elle. Son vol était propre. Quand j'ai ouvert, elle a continué. Elle n'a pas ouvert son parachute, Tom, elle n'y a pas touché. Je l'ai suivie des yeux jusqu'au bout. Elle ne s'est jamais désunie. » J'ai su. À ce moment, j'ai su que j'avais tué Luna. Il a ajouté : « Ça ne peut pas être un malaise. » C'était moi son malaise, moi à jeter dans le même sac que Goran. Il y a des vérités qu'il faut taire. Je n'avais pas su voir l'étendue de son désarroi dans ses jeux avec la mort. Je n'avais vu que ce que je voulais voir, un être rare, doté d'une grande force mentale. Ma sœur. Ma Luna. « Je pensais que nous étions inséparables, qu'elle était immortelle. » Tancrède a répondu : « On est tous sous le choc, Tom. »

Je suis monté dans ma chambre et je me suis allongé sur le lit. Joseph est venu me rejoindre peu de temps après. Il est resté sur le pas de la porte.

— C'est ta mère. Elle a déjà appelé hier. Je lui ai dit que tu venais de l'apprendre… pour ta sœur.

Je suis descendu avec lui.

— Oh, Tom, enfin ! On m'a appelée depuis la Norvège… l'ambassade. Ils m'ont parlé d'une Luna qui s'était tuée. Mais ce n'était pas elle, n'est-ce pas, ce n'était pas notre Luna ? Qu'est-ce qu'elle serait allée faire si loin ? Dis-moi que ce n'était pas elle.

— Je viens d'avoir son ami au téléphone. Il n'y a pas d'erreur, maman.

Elle a pleuré longuement, sans bruit, et je pouvais sentir ses larmes couler sur mes lèvres.

— Alors nous sommes là et elle ne viendra plus. Que s'est-il passé ?

— Luna faisait du base-jump. Son parachute ne s'est pas ouvert… je crois.

— Je ne suis pas sûre de bien savoir ce que c'est !

— Elle s'élançait depuis le sommet de falaises, avec un parachute dans le dos. Je l'ai vue faire. J'étais avec elle la semaine dernière.

— Je suis heureuse d'entendre ça ! Elle était comment ?

— Belle, lumineuse. Vivante.

Maman s'est mise à pleurer. Ses sanglots couvraient le son de sa voix.

— J'ai beaucoup pensé à votre père ces derniers temps. Je me disais que je devais essayer de surmonter ce cauchemar. Pour lui. Pour vous retrouver enfin… Je pensais en être capable ! Est-ce que Luna et Alex me pardonneront, Tom ? Est-ce que tu sauras faire ça ?

— Tu n'y es pour rien, maman. C'est Goran. Nous sommes ses victimes. Tu es à Lyon ?

— Non, vivre dans l'appartement était devenu insoutenable. C'est pourtant celui de mes parents. J'ai tout souillé. N'oublie jamais qui j'ai été, Tom. Qui j'étais avant la mort de ton père. Garde-moi en toi comme tu garderas Luna et Alex. Promets-le-moi.

— Dis-moi où tu es, je vais venir.

Elle a raccroché, en proie à une vive émotion. J'ai regardé Joseph qui me dévisageait avec compassion, avec inquiétude aussi. Je suis sorti sans dire un mot.

J'ai passé une partie de la nuit près de Dobby. J'ai pleuré Luna dans le chant flûté d'un petit duc. Avant le lever du jour, je suis allé chercher un bidon d'essence dans la bergerie et j'ai arrosé les couchages et la banquette du camion, puis j'ai jeté le bidon par une fenêtre brisée de la caravane de Goran. Il y a eu un souffle puissant. Les flammes sont montées haut vers le ciel étoilé. J'ai roulé sans me retourner jusqu'au croisement. J'ai arraché la boîte aux lettres, je l'ai écrasée. J'ai vu le brasier qui éclairait salement le causse. En montant sur la moto, j'ai entendu l'explosion de la bouteille de gaz. Un écho à nos vies.

NOTE DE L'AUTEUR

Ce roman est une fiction. Cependant, il s'inspire librement de l'histoire de Milorad Momic, arrêté à Lyon en 2011, accusé d'avoir participé au génocide de Srebrenica et de Trnovo.

L'auteur de cet ouvrage a bénéficié d'une bourse d'écriture de la région Auvergne-Rhône-Alpes et de la Drac Auvergne-Rhône-Alpes.

PAPIER À BASE DE FIBRES CERTIFIÉES

Le Livre de Poche s'engage pour l'environnement en réduisant l'empreinte carbone de ses livres. Celle de cet exemplaire est de :
200 g éq. CO_2
Rendez-vous sur www.livredepoche-durable.fr

Composition réalisée par Soft Office

Achevé d'imprimer en France par
CPI BRODARD & TAUPIN (72200 La Flèche)
en janvier 2022
N° d'impression : 3046447
Dépôt légal 1re publication : février 2022
LIBRAIRIE GÉNÉRALE FRANÇAISE
21, rue du Montparnasse – 75298 Paris Cedex 06

59/1890/5